DREAMBOOKS

DREAMBOOKS★

DREAMBOOKS★

무적군주 로이스

오렌 판타지 장편소설

ORIGINAL FANTASY STORY & ADVENTURE

dream books
드림북스

무적군주 로이스 6

초판 1쇄 인쇄 2018년 7월 23일
초판 1쇄 발행 2018년 7월 30일

지은이 오렌
발행인 오영배
기획 박성인
책임편집 이예찬
디자인 권지연
일러스트 문필재
제작 조하늬

펴낸 곳 (주)삼양출판사 · 드림북스
주소 서울시 강북구 도봉로 173
대표 전화 02-980-2112 **팩스** 02-983-0660
편집부 전화 02-980-2116 **팩스** 02-983-8201
블로그 blog.naver.com/dreambookss
출판등록 1999년 3월 11일 제9-00046호

ISBN 979-11-283-9396-9 (04810) / 979-11-283-9390-7 (세트)

+ 이 도서의 국립중앙도서관 출판시도서목록(CIP)은 서지정보유통지원시스템홈페이지(http://seoji.nl.go.kr)와 국가자료공동목록시스템(http://www.nl.go.kr/kolisnet)에서 이용하실 수 있습니다. (CIP제어번호: 2018022287)

무적군주 로이스
6
오렌 판타지 장편소설
ORIGINAL FANTASY STORY & ADVENTURE
dream books
드림북스

Contents

Chapter 1
마왕의 보답

"크카카카! 감히!"

자레아의 몸에서 두 개의 시커먼 빛줄기가 날아가 로이스의 얼굴과 복부를 후려쳤다.

퍼퍽!

"윽!"

로이스가 비틀거리다 뒤로 털썩 넘어졌다. 물론 그 즉시 벌떡 일어섰지만 로이스의 인상은 일그러져 있었다.

'윽! 이런 개망신이!'

상대가 상대이니만큼 로이스는 무기를 들지 않았다. 치사하더라도 그냥 맨손으로 싸워 일단은 이기고 봐야 하니까.

그런데 그 상태에서 두 대나 공격을 허용했고 넘어지기까지 했으니 이 무슨 개망신이라는 말인가.

파팟— 퍼퍽! 퍼억—!

그사이 다시 자레아의 주먹이 날아왔다. 두 팔이 순간 이동을 하는 것처럼 빠른 속도로 늘이나 공격을 해 내니 도무지 막을 방법이 없었다.

퍼퍼퍽—

로이스의 얼굴과 가슴, 옆구리 할 것 없이 날아드는 자레아의 주먹!

'으윽! 제길!'

지금껏 로이스는 누군가와 싸워 본 이래 이토록 맥없이 얻어맞은 적은 처음이었다. 당연히 로이스에게는 큰 충격이었다.

그러나 마족 자레아야말로 이 상황이 믿기지 않았다.

그가 최후의 마력까지 짜내며 전력을 다해 날린 공격들에 적중되고도 로이스가 멀쩡했기 때문이었다.

물론 눈으로 볼 땐 멀쩡하지 않다. 로이스는 머리가 깨지고 눈이 부어오르고 코피를 흘리고 있었다. 그뿐인가? 전신이 타박상에 의해 만신창이가 된 상태였다.

그러나 그것은 외부로 보이는 것일 뿐 로이스는 그 어떤 치명상도 입지 않았다.

아니, 시간이 갈수록 로이스가 자레아의 공격을 피해 내는 빈도가 높아졌고, 어느 순간에는 자레아의 어떤 공격도 로이스를 적중시키지 못했다.

퍼억—

그리고 그때부터 로이스의 반격이 시작되었다.

퍼퍽! 퍽퍽퍽!

로이스의 주먹이 작렬하는 순간 자레아의 안면 일부가 뭉개졌다. 왼팔이 부러져 떨어져 나갔고, 가슴이 함몰되어 형체를 잃어버렸다.

주먹의 파괴력 자체가 달랐다.

로이스는 수없이 얻어맞으면서도 치명상을 면했지만, 자레아는 한 방씩 맞을 때마다 여지없이 치명상을 입었다.

"쿠으윽! 대, 대체 네놈은 뭐냐?"

자레아는 몸을 부르르 떨었다. 도저히 믿을 수 없었다. 그는 이미 로이스에 의해 힘의 근원이 파괴되었기에 전신이 부서지고 있는 상태였다.

"로이스다! 죽기 전이니까 이름은 알려 주마."

그 말과 함께 로이스의 주먹이 자레아의 머리를 완전히 박살 내 버렸다.

퍼어어억!

"크아아아악!"

처참한 비명과 함께 자레아의 몸이 시커먼 연기로 변해 흩어졌다.

[당신의 레벨은 더 이상 상승할 수 없습니다.]

[미스토스 상급 기사가 되면 레벨의 한계가 사라집니다.]

마족을 죽였지만 레벨은 오르지 않았다.

이미 현재 신분에서 최고 레벨에 이른 상태이기 때문일 것이다.

[봉인된 마력의 구슬을 얻었습니다.]

그래도 마력의 구슬이라도 얻었으니 다행이었다.

그뿐이 아니다.

[임무] 미스토스 상급 기사의 자격

—미스토스 상급 기사가 되기 위해서는 마족 10명을 쓰러뜨릴 수 있는 실력을 보여야 한다.

—마족을 처치한다. 10/10(완료)

[당신은 미스토스 상급 기사의 자격을 증명했습니다.]

[당신의 신분이 미스토스 상급 기사가 되었습니다.]

드디어 그토록 고대하던 미스토스 상급 기사가 되었다.

[레벨의 한계가 사라집니다.]

[당신의 레벨이 상급 1이 되었습니다.]

[당신의 전투력이 대폭 상승합니다.]

[당신의 최대 맷집과 최대 미흐가 대폭 상승합니다.]

이름 [로이스]

레벨 [상급 1]

칭호 [마검 다켈의 주인]

신분 [미스토스 상급 기사]

맷집 10000/10000

미흐 12000/12000 (10000+2000)

[맨손 격투 전술의 한계가 사라집니다.]

[당신의 맨손 격투 전술이 상급 1단계가 되었습니다.]

[당신의 맨손 격투 전술이 상급 2단계가 되었습니다.]

……

[당신의 맨손 격투 전술이 상급 19단계가 되었습니다.]

[맨티스거의 투지(전설)의 한계가 사라집니다.]

[맨티스거의 투지(전설)가 상급 1단계가 되었습니다.]

[맨티스거의 투지(전설)가 상급 2단계가 되었습니다.]

……

[맨티스거의 투지(전설)가 상급 17단계가 되었습니다.]

'으음!'

로이스는 뭐라 표현할 수 없는 기분을 느꼈다.

물론 그 기분은 나쁜 것은 아니었다.

갑자기 자신이 방금 전보다 훨씬 강해졌다는 사실이 느

껴질 만큼 전신에서 활력이 넘쳤으니까.

'후후, 강해진 건 좋은 거지. 근데 레벨이 다시 1이 된 건 뭐야?'

물론 그냥 1이 아니라 상급 1이라고 하니 뭔가 다른 느낌은 들었다.

게다가 최대 맷집과 최대 미흐가 엄청나게 증가했다.

그것만으로도 방금 전보다 몇 배는 더 강해진 것 같은 느낌이었다.

그나저나 왜 다른 전술들은 그대로인데 맨손 관련 전술은 대폭 상승한 것인가? 대체 왜?

'역시 난 무식하게 싸울 수밖에 없는 거냐?'

로이스의 표정이 왠지 암울하게 변했다.

[당신의 신분이 미스토스 상급 기사가 되어 수호 요정 릴리아나의 신분도 상승합니다.]

[릴리아나가 상급 수호 요정이 되었습니다.]

[릴리아나의 능력이 대폭 상승합니다.]

[이후로 릴리아나가 사용하는 미스토스의 소모량이 대폭 줄어듭니다.]

'어라? 릴리아나도 강해졌네?'

로이스는 반색했다. 릴리아나의 능력이 상승하면 로이스에게는 여러모로 유용했다. 무엇보다 로이스의 생명이 더욱 안전해졌다 할 수 있었다.

[당신이 미스토스 상급 기사가 되었으므로, 당신의 부하들에게도 미스토스의 은총이 임합니다.]

[이후로 당신의 부하들은 각각의 특성에 맞는 성장의 기회가 주어질 것입니다.]

'내 부하들에게도 성장의 기회가 주어진다고?'

혹시 그들에게도 레벨이 어쩌고 전술이 어쩌고 하는 것들이 생겨나는 것일까?

과연 그런지는 두고 볼 필요가 있었다.

로이스가 자레아의 힘으로 만들어진 어둠의 결계를 박살 내고, 곧이어 들어가 자레아를 때려죽인 것은 그리 오랜 시간에 걸쳐 이루어진 일이 아니었다.

눈 몇 번 깜빡할 사이에 싸움은 로이스의 승리로 끝이 났다.

그렇게 마족을 해치우고서야 결계가 완전히 사라져 황궁 후원에 아이리스와 라테르 등이 접근할 수 있었다.

“아바마마! 어마마마!”

“흐흑! 폐하!”

“어찌하여 이런 변을 당하셨나이까?”

그들은 시체가 되어 있는 황제와 황후를 보며 탄식하고 절규했다.

조금만 더 빨리 왔더라면 이 참사를 막을 수 있었을지 모르지만, 시간을 되돌릴 수도 없는 일. 이 모든 건 운명이었으리라.

“으으…… 폐하! 마마! 소신을 죽여 주소서!”

이 상황에도 카로드 공작은 기적적으로 살아 있었다.

그러나 그는 이미 생에 대한 아무런 집착이 없었다. 황제를 지키지 못했다는 이유로 삶에 대한 의지를 잃어버린 것이다.

하긴 설령 그것이 아니라 할지라도 제국의 그랜드 마스터였던 그가 마나 홀이 파괴되어 버렸으니 무슨 삶에 미련이 있겠는가.

“아빠! 정신 차려 보세요!”

“루니우스……! 난 살 자격이 없다. 나칸에 의해 황제 폐하와 황후 마마, 황태자 전하까지 모두…… 크으윽! 이러고도 어찌 내가 살기를 바라겠느냐?”

루니우스가 카로드 공작의 입에 포션을 넣어 주었지만,

그는 포션조차 먹기를 거부했다. 이대로라면 곧 카로드 공작 역시 숨이 끊어지고 말 것이다.

그사이에도 라테르와 아이리스는 죽은 황제와 황후의 시체 앞에서 하염없이 눈물을 흘리고 있었다.

다만 로디아와 스텔라는 냉정함을 유지한 채 주위를 살폈다.

"나칸의 모습이 보이지 않아요, 로드."

그 순간 잠시 미스토스 상급 기사가 되며 나타난 문자들을 읽고 있던 로이스가 깜짝 놀란 표정으로 로디아를 쳐다봤다.

"뭐? 나칸이 사라져?"

"네. 아무래도 도주한 것이 분명해요."

로이스가 마족과 싸우는 사이 나칸이 줄행랑을 놓은 것이다.

스텔라가 안색을 싸늘히 굳혔다.

"그가 도주할 만한 곳을 알고 있어요. 그자는 제게 맡겨주세요."

그 말과 함께 스텔라의 신형이 흐릿하게 변해 사라졌다.

로이스는 그녀의 뒤를 따라가려다 문득 고개를 돌려 카로드 공작을 바라봤다.

'저자가 바로 카로드 공작!'

루니우스의 부친이며 그녀보다 한 수 위라 할 수 있는 진정한 제국 최강의 검사였다.

그런 그가 마족에게 패배한 후 스스로 목숨을 끊으려 하고 있으니 로이스로서는 무척 안타깝다는 생각이 들었다.

솔직히 아이리스나 라테르에게는 섭섭하게 들릴지 모르지만, 황제의 죽음에는 별 동정도 가지 않았다. 황태자 역시 마찬가지다.

그들이 나칸을 이용하려 했건, 이용을 당했건 결과적으로 제국과 대륙에 크나큰 재앙을 초래했다. 그들이 좀 더 현명했다면 수많은 사람들이 무고한 피를 흘리며 죽임을 당하지 않았을 것이다.

따라서 한편으로 보면 잘 죽었다는 생각까지 들 정도였다.

차마 부하들 앞에서 내색할 수 없어 가만히 있는 것뿐이었다.

다만, 그와 달리 황제를 위해 고지식하게 충성을 바친 카로드 공작은 이렇게 허망하게 죽어서는 안 된다는 생각이었다.

곧바로 로이스는 카로드 공작 앞에 서서 말했다.

"카로드 공작! 그대가 섬기던 황제는 죽었다. 그러나 그 황제를 죽인 녀석은 살아서 도주했다. 또한 그 녀석의 배후에는 마왕이 있다."

말을 하는 로이스의 두 눈에서 시퍼런 안광이 번뜩였다. 카로드 공작이 움찔 놀랐다. 로이스는 말을 이었다.

"그런데 죽겠다는 건가? 죽더라도 복수는 하고 죽어야 진정 충신이라 할 수 있지 않을까?"

"복수? 지금 복수라 했나?"

카로드 공작이 인상을 쓰고 물었다. 그가 인상을 쓴 이유는 이미 기력이 다 되어 최후의 힘을 짜내 말을 했기 때문이었다.

로이스가 싸늘히 웃으며 말했다.

"좁은 세상에서 허약한 녀석들만 상대하다 보니 그대가 세상에서 가장 강한 줄 알았을 것이다. 하지만 조금만 넓은 곳으로 나가 보면 그대는 그저 하찮은 실력을 가졌을 뿐이야. 마족 하나도 이기지 못하는 무력한 존재!"

로이스의 두 눈이 이글거렸다.

"그대가 진정 뛰어난 검사라면 그 넓은 세계로 나가서 진짜 강한 녀석들과 붙어 봐야 할 거야."

"마왕과 싸우라는 건가?"

"그래. 그것이 진정한 복수지. 물론 지금 그대의 실력으로는 턱도 없어. 몸이 부서지도록 수련을 해서 더 강해지지 않으면 마왕은커녕 마족에게도 맥없이 당하고 말 거야."

"나는 이미 마나 홀이 파괴되었다. 복수를 하고 싶어도 불가능해. 당연히 더 이상 강해질 수도 없다."

"그 정도는 간단하게 고칠 수 있어. 그대가 살겠다는 의지만 가지고 있으면 내가 고쳐 주겠다."

물론 로이스는 아시엘이나 릴리아나에게 부탁할 생각이었다. 미스토스 좀 소모하면 그녀들에게는 그리 어려운 일이 아니니까.

"……."

"잘 생각해 봐."

그에 카로드 공작이 뭐라 말하려 했지만, 로이스는 더 이상 듣지 않고 돌아섰다. 이미 할 말은 다했다. 이 말을 듣고도 죽겠다면 더 이상 말리지 않을 것이다.

그보다 나칸을 뒤쫓아 간 스텔라가 걱정되었다.

"루니우스, 로디아! 이곳을 부탁한다."

그 말과 함께 로이스는 스텔라가 사라진 방향으로 몸을 날렸다.

한편 그때 스텔라는 황궁의 마탑에 도착했다.

웬만한 성을 방불케 하는 거대한 건물!

이곳은 대마법사 나칸을 비롯한 황궁의 마법사들이 거하는 거처이자 연구소이기도 했다.

나칸이 탑주로 있으며 대부분의 마법사들은 그의 제자이

자 측근으로 이뤄져 있는 만큼, 이 마탑이야말로 나칸의 모든 것이라 할 수 있었다.

물론 세상에 알려진 것이 그렇다는 뜻이다.

실제 나칸의 힘은 다른 곳에도 존재했다. 스텔라는 그것을 알고 있는 몇 안 되는 이 중 하나였다.

'이 마탑의 지하에 흑탑이 존재하고 있다는 사실을 아는 이는 많지 않지.'

마탑의 지하에 있는 동굴을 따라가다 보면 흑탑이 나온다.

스텔라는 지금 나칸이 흑탑에 숨어 있을 거라 확신했다.

다만 그곳으로 가려면 이곳 마탑을 우선 통과해야 한다. 지하 흑탑으로 이어지는 마탑의 1층에는 수많은 마법사들과 기사들이 지키고 있었다.

"누구시오!"

"멈추시오!"

스텔라가 마탑의 1층에 진입하자 예상대로 푸른 로브를 입은 마법사들과 잿빛의 플레이트 아머로 무장한 기사들이 그녀의 앞을 가로막았다.

마탑 직속 마법사들과 기사들이었다. 황제에게 근위 기사들이 있다면 마탑에는 이들, 그레이 나이트들이 있었다.

검술 실력은 근위 기사들에 비할 수 없지만, 모두 마탑의 강력한 마법 방어구로 무장하고 있는 터라 그 전투력이 근위 기사들을 능가한다는 소문도 있을 정도였다.

물론 그래 봤자 스텔라에게는 가소로울 뿐이다.

그리고 그녀는 그 그레이 나이트들이 어떻게 생겨난 건지 누구보다 잘 알았다. 그들 역시 그녀처럼 갓난아기 때 납치되어 비밀리에 나칸의 사병으로 키워진 것이었다.

"모두 죽고 싶지 않다면 비켜. 나칸은 황제 폐하를 시해하고 도주했다. 내 앞을 가로막는 이는 그 누구든 죽을 것이다."

양손에 단검을 하나씩 쥔 스텔라의 전신에서 피어나는 몽환적이면서도 섬뜩한 기세!

순간 그레이 나이트들이 흠칫 놀라며 뒷걸음질 쳤다.

"당신은 혹시?"

"나를 알면 내 앞을 막는 게 얼마나 무모한 일인지 알겠지. 쓸데없는 피를 보고 싶지 않으니 모두 비켜."

"그럴 수 없소. 대마법사께서 그 누구도 이곳으로 들이지 말고 들어오려는 자가 있거든 목숨을 걸고 막으라 명하셨소."

그레이 나이트들은 물러날 기세가 아니었다.

순간 스텔라의 눈빛이 차갑게 번쩍였다.

"나칸은 반역자다. 반역자의 명령을 듣겠다는 건가?"

"그분이 무슨 짓을 하든 우린 오직 그분의 명에만 복종

하오."

"멍청이들! 너희 부모님들을 죽인 원수가 바로 나칸이다. 너희들은 모두 나칸에게 속아 왔어. 나처럼."

"그게 무슨 소리요?"

"말도 안 되는 소리 하지 마시오!"

순간 스텔라의 단검들에 붉은 광채가 생성되었다. 그레이 나이트들이 기겁하며 다시 한 걸음 뒤로 물러났다.

저벅. 저벅.

스텔라가 걸어가며 말했다.

"너희들이 내가 누군지 안다면, 내가 절대 쓸데없는 소리를 지껄이지 않는다는 사실도 알 거야. 나는 나칸의 심복이었지만, 이제야 그의 실체를 알았다. 그는 마왕의 하수인이며, 내 부모를 죽인 원수이고, 너희들의 부모를 죽인 원수야. 그는 마왕에게 충성을 바치기 위해 우리 부모들을 죽이고 우리를 납치해 자신의 사병으로 키웠다."

"으……, 그분이 그럴 리가 없소."

"그분은 우리에게 아버지 같은 분이란 말이오."

그렇게 그레이 나이트들이 그녀의 기세에 눌려 몸을 떨고 있는 사이, 스텔라는 그들의 곁을 지나쳐 지하로 내려갔다.

워낙 눈 깜짝할 사이에 벌어진 일이라 그들로서는 막을 방법이 없었다.

그뿐만 아니라 그레이 나이트들은 지금 스텔라가 했던 말 때문에 혼란에 빠져 있었다.

스슷.

그사이 마탑 지하의 숨겨진 동굴을 따라 흑탑으로 향하는 스텔라는 문득 실소를 흘렸다.

'예전의 나였다면 그냥 죽이고 지나갔을 텐데.'

그녀는 앞을 가로막는 자에게 설명 따위를 하는 성격이 아니었다. 일단 죽이고 봤으니까.

당연히 아까와 같은 상황에서 그녀는 그들 모두를 죽였을 것이다.

아무런 죄책감도 없이!

그런데 왜 설명을 했을까?

그것은 그들이 그녀와 같은 처지라는 걸 알게 되자 생겨난 동정심 때문일 것이다.

나칸이 원수라는 것도 모른 채 그에게 무조건 맹종하는 그들을 보자 예전 자신의 모습이 떠올랐던 것이다.

적어도 한 번은 기회를 주어야 할 것이다.

그들에게도 스스로의 삶을 선택할 기회를!

"누구냐!"

"막아라!"

그사이 동굴 곳곳에서 어새신들이 스텔라를 향해 기습을

해 왔지만, 모두 그녀의 곁에 다가오지도 못하고 픽픽 쓰러졌다.

스텔라는 그들을 기절시키기만 할 뿐 죽이지는 않았다.

'너희들에게까지 일일이 모든 걸 설명할 시간은 없어. 일단 잠들어 있어라.'

깨어 있으면 죽을 것이다.

스텔라는 곧이어 자신의 뒤를 따라올 로이스를 의식한 터였다.

'로드는 나처럼 너희들을 살려 줄 분이 아니거든.'

나칸으로 인해 화가 잔뜩 나 있는 로이스는 앞을 가로막는 것은 뭐든 다 부숴 버릴 것이다.

무고한 이들의 희생을 줄이려면 그녀가 최대한 빨리 나칸을 제거하는 수밖에 없었다.

물론 단순히 그런 이유 때문은 아니다.

그보다는 그녀의 손으로 직접 나칸을 죽이고 싶다는 이유가 훨씬 컸다.

'용서 못 해! 나의 부모님을 죽이고 날 지금껏 이용해 온 나칸 네놈은 절대 살려 두지 않겠다!'

그렇게 스텔라는 빠른 속도로 동굴 속을 이동했다.

잠시 후 동굴이 끝나고 드러난 방대한 지하 공간.

그곳에는 흑색의 거대한 탑이 자리하고 있었다.

순간 흑색의 복면을 쓴 수십 명의 어새신들이 스텔라를 포위했다.

“막아라!”

카캉! 파팍!

“윽!”

“커억!”

여기서부터는 스텔라도 사정을 봐줄 수가 없었다. 그만큼 실력이 강한 어새신들이 포진하고 있기 때문이었다.

눈 깜짝할 사이에 수십 명의 어새신들을 쓰러뜨린 그녀는 흑탑 안으로 들어갔다.

흑탑의 10층.

그곳에 나칸이 있다.

창이 존재하지 않기에, 오직 1층으로 들어가 계단을 올라야만 10층에 이를 수 있었다.

“적이다!”

“크악!”

“으아악!”

10층으로 향하는 스텔라를 무수히 많은 어새신들이 가로막았다.

그들 중 일부는 스텔라에게 죽임을 당하고 일부는 부상을 당했다.

나칸이 무슨 꿍꿍이를 부릴지 모르는 터라 조급해진 스텔라의 손속은 점점 비정해졌다.

9층.

그곳에선 단 세 명의 어새신만 스텔라를 기다리고 있었다.

2남 1녀.

그들은 스텔라에 버금가는 실력을 지닌 특급 어새신들로 그녀가 잘 아는 이들이었다.

"한스, 잭, 카나! 부탁이니 비켜. 너희들까지 죽이고 싶지 않아."

"스텔라! 어찌하여 나칸 님을 배신했느냐?"

"대체 이게 무슨 짓이냐, 스텔라?"

그들은 이 상황이 매우 당혹스러운 듯했다. 스텔라는 차갑게 말했다.

"길게 설명할 시간이 없어. 나칸은 황제 폐하를 시해했다. 또한 우리를 이용하기 위해 우리 부모님들을 죽이고 납치한 원수이기도 해. 그런 자를 보호하기 위해 나와 맞설 생각이야? 부탁이니 비켜 줘."

스텔라의 음성은 차가웠지만 그녀의 눈빛은 간절함이 담겨 있었다.

이 앞의 세 명은 그 지옥 같은 수련장에서 그녀가 친자매나 오누이처럼 의지했던 이들이었으니까.

한스가 표정을 굳혔다.

"어디서 말도 안 되는 소리로 우리를 설득하려 하느냐? 우리가 그따위 말을 믿을 것 같으냐?"

잭과 카나 역시 마찬가지였다. 그들 모두 특급의 실력을 가진 만큼 나칸이 최고의 대우를 해 주었다. 때문에 그들은 나칸에 대해 그 어떤 불만도 없을 뿐 아니라 그가 명령하면 황제라도 죽일 만큼 맹종하고 있는 터였다.

'하! 어쩔 수 없는 건가.'

스텔라는 탄식했다. 그녀 역시 한때 저들과 같은 상태였다. 그렇기에 저들을 자신의 말로 설득하기란 쉽지 않을 것임을 알았다.

아니, 시간을 두고 오래 설명하면 가능할지도 모른다.

문제는 지금은 그럴 만한 시간이 없다는 것!

한스가 비릿하게 웃었다.

"스텔라, 나는 줄곧 널 좋아했다. 그건 지금도 마찬가지야. 하지만 너를 위해 나칸 님을 배신할 수는 없다."

잭이 키득거렸다.

"쓸데없는 말로 우릴 설득하려 하지 말고 어서 덤벼라. 그 단검으로 우릴 죽이지 못하면 넌 절대 나칸 님이 있는 곳으로 가지 못한다."

카나도 마찬가지였다.

"스텔라, 네가 강하다 해도 우리 셋을 당할 수는 없을 거야."

그러자 스텔라가 차가운 눈빛으로 그들을 노려보았다.

"날 원망 마라."

곧바로 그녀와 세 어새신들 간의 사투가 벌어졌다.

* * *

바로 그 순간 흑탑의 10층.

나칸은 검붉은 마법진 위에서 누군가에게 하소연을 하고 있었다.

"위대하신 마왕 크리움이시여! 어찌 현신하여 저를 돕지 않으시나이까? 지금껏 저는 당신이 강림하실 때를 위해 평생을 준비해 왔고, 제 인생도 당신에게 바쳤습니다. 제발 저를 도와주십시오!"

그가 하소연하는 대상은 마왕 크리움이었다.

그러나 그의 앞에는 아무도 없었다.

텅 빈 어둠을 향해 외치고 있었던 것이다.

"크흐흑! 위대하신 마왕 크리움이시여! 부탁이오니 저를 마계에라도 데려가 주십시오. 이대로면 저는 꼼짝없이 죽고 맙니다."

그러자 어둠 속에서 음침한 음성이 울려 퍼졌다.

"하찮은 인간 놈 따위가 시끄럽게 구는구나."

그와 함께 머리에 거대한 뿔을 가진 악마 형상의 존재가 어둠 속에서 희미하게 모습을 드러냈다. 물론 그것은 실체가 아닌 환영이었다.

그를 본 나칸이 넙죽 절을 했다.

"오오! 위대하신 마왕 크리움 님이시여! 역시 제 앞에 현신해 주셨군요. 어서 저를 구해 주십시오."

"착각하지 마라, 미련한 인간 놈! 내게 있어 한낱 벌레만도 못한 존재인 네놈이 죽든 말든 그게 나와 무슨 상관이냐?"

싸늘하기 이를 데 없는 반응. 나칸은 그제야 뭔가 잘못되었다는 생각에 고개를 들고 크리움을 쳐다봤다.

"저는 평생을 당신을 위해 바쳤는데 어찌 그런 말씀을 하시는지요."

크리움의 두 눈이 섬뜩하게 빛났다.

"그랬지. 그래서 이제 그 보답을 하려 한다."

"보답이라 하셨습니까?"

나칸은 두 눈을 크게 떴다. 마왕의 보답이라니!

과연 얼마나 대단한 것을 줄지 기대가 되었던 것이다.

그러나 크리움의 입가에는 왠인지 비열한 미소가 피어나 있었다.

"하지만 보답 이전에 넌 임무에 실패했다. 많은 기회를 줬지만 모두 실패했으니 이제 그 책임도 져야 한다."

"책임이라시면?"

"나는 실패를 절대 용납하지 않는다. 네놈이 장구한 생명을 지닌 마족이라면 영벌의 감옥에 가둘 만한 중죄! 하나 네놈은 곧 죽고 썩어 문드러질 하찮은 인간이니 그냥 내버려 두겠다. 이것이 내가 네게 주는 보답이다. 물론 내가 준 힘은 거둬 가야겠지."

그 말이 끝나는 순간 나칸의 몸에 있던 마나의 기운이 모조리 흩어졌다.

"으윽! 크아아아! 어, 어찌 이러십니까? 저는 당신을 위해 모든 것을 바쳤습니다. 당신이 원하는 건 뭐든지 다 했단 말입니다."

"크크크크, 어리석은 놈! 애초부터 네놈은 그저 소모용 물건과 다를 바 없었다. 더 이상 이용 가치가 없는 물건은 버리는 게 당연한 일. 그나마 살려 주는 것을 다행으로 알아라."

크리움의 환영은 비웃음이 가득한 눈빛으로 나칸을 노려보고는 이내 그 자리에서 사라져 버렸다.

Chapter 2
새로운 시대가 열리다

"으으! 이, 이럴 수가! 어찌 내게 이럴 수가 있단 말이냐?"

나칸은 털썩 주저앉았다. 마왕에게 도움을 청했는데 도움은커녕 마나마저 모조리 빼앗기고 말았다.

그로 인해 그의 얼굴은 온통 주름살로 뒤덮였고 금세 몇십 년은 더 늙어 버린 듯 노쇠한 상태가 되었다.

털썩.

'크큭, 이게 평생을 바친 대가인가.'

마왕을 위해 평생을 헌신한 대가가 바로 버려지는 것이었다니!

설령 이번 임무에 성공했더라도 언젠가는 버려지고 말았

을 것이다. 마왕에게 인간은 그저 소모용 물건에 불과할 뿐이었으니 말이다.

진작 이 사실을 알았다면 얼마나 좋았을까?

나칸이 날 때부터 마왕의 하수인이었던 것은 당연히 아니었다.

수십 년 전의 일이지만, 마법에 천부적인 재능이 있던 그였다.

그러나 출신이 비천하다는 이유로 마탑에 들어갈 수 없었다.

그의 부모님은 하급 기사였기 때문이다.

그때부터 방황하던 그는 각종 금단의 마법들에 관심을 가졌고, 흑마법과 빙의, 마족이나 마왕과 같은 것들로 점점 그 영역이 확대되었다.

어둠의 세계에 눈을 뜬 건 자연스러운 일이었다.

그 강한 힘에 매료된 그는 라키아 대륙 도처에 잠들어 있는 어둠의 전설을 집요하게 찾아다녔고, 수단과 방법을 가리지 않고 흑마법서들을 구해 연구했다.

특히 그는 어둠의 군주인 마왕의 존재에 관심이 많았다.

어떻게든 그 거대한 어둠의 영역에 접근하고자 애썼다.

그러던 어느 날.

그런 모든 노력의 결실이 이루어졌다.

드디어 그에게 마왕 크리움의 권속인 마족이 접근해 왔고, 자신의 말을 따르면 그에게 매우 강력한 힘을 주겠다며 유혹했던 것이다.

나칸은 냉큼 그 제의를 받아들였다.

그 이후 수십 년 동안 나칸은 승승장구했다.

흑마법과 더불어 마탑의 마법까지 모두 섭렵하여 사르곤 제국뿐 아니라 라키아 대륙 최고의 마법사가 되었다. 그리고 마침내 황제의 스승이 되어 황궁의 대마법사 자리에까지 올라선 것이다.

게다가 공작의 작위까지 받았으니 그야말로 가난한 하급 기사의 아들로서는 엄청난 성공을 거둔 것이었다.

그러나 그것을 위해 얼마나 끔찍한 행동을 많이 해 왔는지 모른다.

그는 인간이기를 포기하고 마왕의 하수인으로서 충실히 살아왔다.

그러나 결국 그 마왕은 그저 실패했다는 이유로 그를 버렸다.

심지어 평생 쌓아 온 마나마저 빼앗아 갔다.

이제 그는 더 이상 마법사로 불릴 수 없었다. 간단한 마법 하나도 펼칠 수 없게 되었으니까.

"크큭! 죽자! 살아서 뭣하겠는가. 하급 기사의 아들로 태어나 황제의 스승도 되었고, 공작까지 되어 봤으니 여한은 없구나."

황제와 황후, 황태자를 찌른 그 단검! 나칸은 이제 그 단검으로 그 자신의 목을 찌르려 했다. 이대로 있다간 어차피 반역도로 처참히 죽게 될 것이니 차라리 스스로 목숨을 끊는 것이 나을 것이란 생각에서다.

그런데 그때였다.

스스스스.

갑자기 그의 앞에 정체불명의 기운이 모여들더니 온화한 인상을 가진 여인이 나타났다.

"사르곤 제국의 대마법사 나칸! 그대는 어찌 귀한 목숨을 스스로 끊으려 하는가?"

"당신은 누구요?"

나칸은 힘없이 물었다. 난데없이 나타난 정체불명의 여인을 보면서도 그는 별달리 놀란 기색이 없었다. 이미 삶을 포기한 마당에 뭐가 놀랄 것이 있겠는가.

여인이 미소 지었다.

"나는 위대하신 용자 제라칸 님의 뜻에 따라 사르곤 제국의 대마법사인 나칸 그대를 만나러 왔다."

"용자 제라칸?"

나칸은 이 무슨 황당한 소리인가 싶었다.

용자라니! 그것도 그가 알고 있는 용자 아시엘이 아닌 다른 용자였다.

"그렇다. 제라칸 님은 마왕 크리움으로부터 배신당한 그대를 무척 안타깝게 여기고 계시지. 또한 그대와 같은 뛰어난 인재를 내팽개친 크리움을 비웃고 계신다."

"크큭! 뛰어난 인재라? 잘못 보셨소. 난 이제 몸에 한 줌의 마나도 없는 평범한 늙은이일 뿐이오."

"사라진 마나 정도는 제라칸 님께서 얼마든지 다시 채워주실 것이다. 문제는 그대의 의지이다. 그분을 위해 그대의 모든 것을 바칠 만한 의지 말이야."

"그만 가시오. 난 죽음 외에는 관심 없으니까."

나칸은 자조적인 미소를 지었다. 평생 마왕 크리움을 위해 헌신했지만 야멸차게 버림받았다. 이제 그 누구를 믿을 수 있겠는가. 더 이상 그 같은 허망한 것에 기대하느니 죽음을 선택하는 게 현명한 일이리라.

"복수하고 싶지 않은가? 그대를 버린 마왕에게? 또한 그대를 이 꼴로 만든 용자 아시엘에게?"

"보, 복수?"

순간 나칸의 죽어 가던 두 눈이 번쩍 빛났다. 여인이 고개를 끄덕였다.

"제라칸 님은 마왕보다 강한 분이시다. 사악한 용자 아시엘 따위와는 비할 수 없는 분이시지. 그분을 따르면 그대는 이전에 사르곤 제국에서 누리던 것과는 비할 수 없이 대단한 영광을 누리게 될 것이다."

"정녕 그분이 그토록 대단하다는 말이오?"

나칸이 관심을 보이자 여인이 의미심장한 미소를 지었다.

"물론이다. 내 손을 잡으면 그대를 그분께 안내할 것이다."

그때 누군가 나칸의 뒤쪽에 나타났다.

전신에 피 칠을 하고 서 있는 소녀. 그러나 그녀의 눈빛은 무섭도록 담담했다.

"로드!"

"너, 너는? 스텔라가 아니냐? 어디 갔다 이제 오는 것이냐?"

나칸은 반색했다. 그가 가장 애지중지하던 심복이 나타났기 때문이다. 황자와 황녀를 죽이라는 임무를 받은 이후 행방불명되어 이상하다 생각했지만, 그래도 설마 그녀가 자신을 배신했을 것이라는 생각은 하지 못했다.

"로드! 물어볼 것이 있어요."

스텔라는 별다른 내색을 하지 않고 평소 나칸과 마주했을 때처럼 무심한 표정을 지었다.

'이 마법진은 뭐지? 그리고 누굴 향해 얘기를 하고 있었던 걸까?'

스텔라의 눈에는 나칸의 앞에 서 있는 여인의 모습이 보이지 않았다. 그러다 보니 방금 전 나칸이 혼잣말을 하고 있는 것이 이상하다 느꼈던 것이다.

그러나 지금은 그보다 그녀는 한 가지 확인할 것이 있었다.

나칸을 죽이기 전 그로부터 직접 듣고 싶은 얘기가 있기 때문이다.

"로드는 나의 부모를 죽이고 나를 납치했어요. 그런데도 날 진정 딸처럼 생각했나요?"

"……!"

나칸의 표정이 굳어졌다.

'그 사실을 어떻게?'

극소수의 인물만 알고 있는 비밀이었다. 또한 그 비밀을 알고 있던 이들은 모두 죽임을 당했다. 그런데 그것을 스텔라가 어떻게 알아낸 것인지 그는 궁금했다.

"큭! 어디서 헛소리를 들었는지 모르지만 너는 내 딸이 맞다. 내가 낳은 자식이 아니지만 마음으로 키운 자식이지. 너의 부모는 루파인 왕국의 인물들이 살해했고, 나는 그 복수로 루파인 왕국을 멸망시켰단다."

"……."

스텔라는 표정 변화 없이 그의 말을 들었다.

'그래도 죽이기 전 미안하다는 말은 듣고 싶었는데 쓸데없는 기대였구나.'

직어도 시난 몇 년 동안 나칸이 스텔라를 딸처럼 잘 대해 준 것은 사실이었다. 그래서 그나마 최소한의 양심은 있지 않을까 기대했는데 나칸은 지금도 그녀를 속이고 있었던 것이다.

곧바로 그녀는 나칸을 차갑게 노려봤다.

"예의상 마지막으로 로드라 불러 줬는데 이제 그것도 끝이군요. 나칸, 당신은 나의 부모를 죽였고, 나를 이용했다. 나 말고도 얼마나 많은 이들의 눈에서 피눈물이 나게 만들었는지 다 셀 수 없을 것이다. 이제 너를 죽여 모두의 한을 풀어 주마."

스텔라가 단검을 쥔 채 성큼 접근하자 나칸이 알 수 없는 눈빛으로 그녀를 쳐다봤다.

"스텔라! 내가 다른 녀석들은 몰라도 너만은 진심으로 딸처럼 생각했다."

"닥쳐! 죽는 순간까지도 변하지 않는 사악한 인간! 절대 용서 못 해!"

스텔라의 단검이 나칸의 목을 찔렀다.

휙!

"……?"

그러나 단검은 빈 공간을 갈랐을 뿐이었다. 방금 전까지 그녀를 보고 있던 나칸의 모습이 마치 허상처럼 그 자리에서 사라져 버린 것이다.

"이게 대체 어찌 된 거야?"

스텔라는 망연자실한 표정을 지었다. 나칸이 근처 어딘가에 숨었다면 그녀가 발견하지 못할 리 없었다. 어딘가로 멀리 달아난 것이 분명했다.

스슷.

그때 10층에 나타난 인물. 다름 아닌 로이스였다. 그는 온갖 마법진이 그려진 바닥과 한쪽에 멍한 표정으로 서 있는 스텔라를 보며 고개를 갸웃했다.

"어떻게 된 거지? 나칸은?"

"놓치고 말았어요."

"쥐새끼처럼 빠져나갔군."

"죄송해요, 로드. 면목이 없군요."

"죄송하긴. 도망간 녀석이야 잡으면 되는 일이야."

로이스는 이런 걸로 부하들을 나무랄 생각은 없었다. 최선을 다했는데도 놓쳤다면 어쩔 수 없는 일이기 때문이다.

그리고 어차피 사르곤 제국을 장악한 이상 나칸은 더 이상 위협적인 존재도 아니다. 라키아 대륙 어디로 숨든 결국은 잡아낼 것이다.

스스스.

그때 10층에 또 한 명의 인물이 나타났다. 다름 아닌 로디아였다.

"로드! 나칸은요?"

"도망쳤어. 갑자기 사라졌다는군."

"그럼 공간 이동 좌표를 추적해 볼게요."

"추적도 가능해?"

"네. 라키아 대륙 안이라면요. 급하게 도주했으니 흔적까지 지우진 못했을 거예요."

"그럼 어서 추적해 봐."

로이스는 반색했다. 스텔라 역시 다행이라는 듯 눈을 빛냈다.

그러나 잠시 나칸이 사라진 장소와 마법진들을 살피던 로디아는 나직하게 한숨을 내쉬었다.

"죄송해요, 로드. 추적이 불가능해요."

"무슨 문제가 있어?"

"나칸이 이동한 곳이 라키아 대륙이 아니에요."

"그럼 샤론 대륙이라는 거야?"

"정확한 장소는 알 수 없어요. 그저 라키아 대륙이 아니라는 것은 확실해요."

로디아의 말에 로이스는 살짝 미간을 찌푸렸다.

"혹시 마왕이 그놈을 마계로 소환이라도 한 것일까?"

마왕의 하수인이었으니 그럴 가능성도 없지 않아 보였다.

스텔라가 탄식했다.

"제가 조금만 더 빨리 그를 공격했으면 죽일 수 있었는데."

"자책할 건 없어. 그리고 그놈이 마왕에게 갔으면 언젠가 다시 만나게 될 거야. 그때 죽이면 돼."

마왕도 아니고 한낱 마법사 하나 놓친 게 무슨 대수일까?

로이스는 애초부터 나칸 따위는 안중에도 없었다.

"그만 돌아가자. 이제 사르곤 제국은 라테르가 알아서 정리하겠지."

애초 계획과는 달리 따로 황제를 설득하거나 명분을 쌓을 필요도 없었다. 황제와 황태자가 죽은 이상 2황자 라테르가 황제가 되는 건 당연한 일이니까.

그때 스텔라가 말했다.

"로드, 부탁이 있어요."

"말해 봐."

"흑탑에 있는 어새신들이나 그레이 나이트들은 모두 저처럼 억울하게 부모를 잃고 지금껏 나칸에게 이용당한 이들이에요. 이들을 나칸의 부하라 하여 반역도로 처형하지 말고 평범하게 살 수 있도록 길을 열어 주었으면 해요."

그녀의 표정은 진지했다.

"그런 건 라테르나 아이리스에게 말해. 알아서 잘 해 줄 거야."

로이스의 성격상 이런 자잘한 일에 일일이 신경 쓰는 건 맞지 않았다.

"그래도 로드께서 한마디만 해 주시면 확실하잖아요."

스텔라는 자신이 부탁한다고 과연 라테르나 아이리스가 순순히 들어줄지 확신하지 못했다. 라테르와 아이리스를 한때 죽이려 했던 그녀였으니까.

"로드!"

"알아서 하라니까."

"해 주실 거죠, 로드?"

"알았어. 해 줄게. 됐어?"

"헤헤, 고마워요."

로이스가 어쩔 수 없이 고개를 끄덕이자 스텔라는 아이처럼 기뻐하며 팔짝 뛰었다. 그 모습을 보고 로이스는 어이가 없었지만 왠지 그녀의 그런 표정이 귀엽게 느껴져 미소를 지었다.

“다시 해 봐.”

“뭘요?”

“방금 전 그것.”

“제가 뭘 했는데요?”

“웃으면서 펄쩍 뛰었잖아.”

“전혀 기억이 안 나요. 무슨 말씀을 하시는지 모르겠네요.”

스텔라는 시치미를 뚝 뗐다. 한편 로디아 역시 이 상황에 놀랐다. 죽음의 어새신이라 불리는 스텔라에게 이 같은 면이 있는 줄은 몰랐기 때문이다. 옛 동료들을 걱정하는 마음 말이다.

“스텔라 님! 염려하지 말아요. 그 일은 저도 함께 부탁해 보겠어요.”

“고마워.”

로디아를 바라보는 스텔라의 눈빛이 따스하게 변했다. 반면에 로디아는 살짝 새쭉한 표정을 지었다. 그녀는 존댓말을 했는데 스텔라가 너무 당연하다는 듯 반말을 했기 때문이다. 하긴 이런 적이 한두 번이 아니긴 했다.

“고맙긴. 같은 동료로서 이 정도는 도와야지.”

로디아는 자신도 스텔라에게 반말을 하기로 했다. 스텔

라는 픽 웃더니 물었다.

“네가 내 동료라고?”

“우리 둘 다 로드의 부하잖아.”

“그건 그래.”

스텔라는 고개를 끄덕였다. 동료라는 말에 가슴이 왠지 뛰었다. 늘 혼자였는데 함께할 동료가 있다는 것은 뭔가 새로운 기분이었다.

* * *

라테르는 사르곤 제국의 황제가 되었다.

근위 기사단장은 카로드 공작가의 이녀인 세리나 후작!

카로드 공작과 루니우스 후작은 근위 기사에서 물러난 터라 세리나가 후작으로 승작되며 근위 기사단장이 된 것이다.

나칸이 사라진 지금 황궁은 물론 대신들이나 제후들 중 누구도 라테르가 황제가 되는 것에 반기를 드는 이는 없었다.

이는 라테르가 2황자로서 황위 계승 순위에서 가장 앞선 것도 있지만, 그가 용자 아시엘의 기사로서 그녀의 전폭적인 지지를 받고 있기 때문이었다.

전설의 용자 아시엘!

그리고 그녀의 기사인 라테르가 사르곤 제국의 황제가 됨으로써 라키아 대륙은 사실상 용자의 뜻을 따라 통치되는 새로운 시대로 접어들었다.

물론 아시엘은 라키아 대륙의 일에는 가급적 관여하지 않겠다 선언했다.

마족이나 마왕과 같은 사악한 존재가 대륙을 위협하거나 혹은 특정한 국가의 횡포로 인해 라키아 대륙의 균형이 무너져 평화가 위협을 받을 때가 아니면 나서지 않겠다 말한 것이다.

따라서 라키아 대륙의 중심은 이전처럼 사르곤 제국이었다.

그리고 그 중심에는 황제인 라테르가 있었다.

"새로운 시대가 열렸으니 이제 대신들과 제후들은 이전과 다른 마음으로 정사에 임해 주시오. 짐은 나칸을 따르던 이들을 모두 중징계할 생각은 없소. 어쩔 수 없이 그의 뜻에 동조했던 이들은 정상을 참작하여 경미한 벌을 내릴 것이오. 하나 나칸을 등에 업고 자신의 사욕을 누리던 자들은 크게 벌하지 않을 수 없소."

부드럽게 말했지만 라테르는 나칸과 관련된 주동 세력은 철저히 뿌리를 뽑아 없애겠다는 강력한 의지를 내보였다.

사실 나칸과 조금이라도 연관된 모든 이를 처벌해야 한다면, 황궁의 대신들이나 제후들 대부분이 무사하기 힘들었다. 그만큼 나칸의 권세가 대단했기에 모두들 어쩔 수 없이 나칸의 뜻에 동조하며 숨을 죽이고 살았던 것이다.

따라서 악질적인 주동자들은 관직과 작위를 박탈하고 영지를 몰수한 후 참수했지만, 수동적으로 그들의 뜻에 동조했던 이들은 죄과의 경중에 따라 관직을 박탈하거나 벌금을 징수하는 선에서 용서해 주었다.

반면, 나칸에 끝까지 저항하다 결국 변방으로 쫓겨나거나 영지까지 몰수당하며 비참한 상태로 전락한 이들은 모두 본래의 작위와 영지를 회복시켜 주었을 뿐만 아니라 거기에 더해 작위를 올려 주었고, 관직과 영지도 추가로 하사했다.

그들은 라테르 황제 시대의 새로운 주역이 되었다.

계속해서 라테르는 제국에 노예로 잡혀 있던 루파인 왕국의 백성들을 모두 풀어 주었다. 그들은 루파인 왕국이 아닌 아스피스 성으로 이동해 아시엘의 백성이 되었다.

그와 같이 라테르가 정신없이 정사를 돌보고 있을 때, 스텔라에게도 하나의 임무가 떨어졌다.

아이리스가 스텔라를 찾아와 말했다.

"로드께서 친히 폐하께 부탁을 하셨더군요. 흑탑의 어새신들과 그레이 나이트들에게 새로운 삶을 살 수 있게 해 달라고 말이에요. 폐하께서는 당연히 그리하시겠다고 하셨죠."

"정말이옵니까, 마마?"

스텔라의 안색이 환해졌다. 그러자 아이리스가 쓴웃음을 지었다.

"누구의 명인데 그것을 거절하겠어요? 무조건 따라야죠."

로이스는 당연히 좋게 말했다. 협박을 한 것도 아니었다. 그냥 지나가며 별거 아닌 이야기라는 식으로 슬쩍 얘기했던 것이다.

'흑탑의 어새신들과 그레이 나이트들이란 녀석들이 있어. 그들을 처벌하지 말고 잘 살게 해 줘. 다들 불쌍한 녀석들이라고 하니까. 알겠지?'

하지만 듣는 라테르 입장에서는 부탁이 아닌 절대적으로 수행해야 할 명령이나 마찬가지였다. 사실상 라테르가 황제가 된 것도 모두 로이스의 허락하에 이루어진 것이기 때문이다.

아는 사람만 안다. 라키아 대륙에는 황제보다 더 지고한 존재인 용자가 있고, 그 용자조차 눈치를 보는 최강의 용병이 있다는 사실을.

그는 그저 용병일 뿐이지만 사르곤 제국의 모든 권력도 사실 그의 손끝에서 나오는 것이나 다름없었다. 그가 용자의 편에 서서 마왕과 대적한다는 것이 얼마나 다행인가?

"하지만 한 가지 문제가 있어요. 그들을 그대로 풀어 주는 건 어려운 일이 아니지만, 문제는 과연 그들이 정상적인 삶을 살 수 있을지 의문이라는 것이죠. 내가 볼 땐 쉽지 않아 보여요. 본의는 아니었다 해도 지금껏 그들의 삶은 피와 전투로 얼룩져 왔기 때문이에요. 그들은 결국 암흑가의 어새신이나 혹은 불량한 집단의 일원이 되어 힘없는 백성들을 괴롭힐 가능성이 높아요."

"마마의 말씀대로입니다. 실은 저 또한 그것을 우려하고 있어요."

스텔라는 아이리스의 말에 동의했다. 사실 그들을 풀어 주라고 했지만 그 이후에 대해서는 대책이 없긴 했던 것이다.

그러자 아이리스가 눈을 빛내며 말했다.

"따라서 폐하께서는 그들을 흑탑에 그대로 두었으면 해요."

"그게 무슨 뜻이죠?"

"폐하께서 흑탑을 정식으로 인정하신다는 뜻이에요. 다만 이전과 달리 사악한 집단이 아니라 어새신들과 그레이 나이트들로 이루어진 새로운 집단이죠. 그들에 대한 대우는 최상으로 해 줄 거예요. 그들은 보통의 병사들이나 기사들이 할 수 없는 특별한 임무를 수행하는 데 투입될 거예요."

그 말에 스텔라의 표정이 감동으로 물들었다.

"놀랍군요. 설마 그렇게까지 해 주실 거라고는 상상도 못했어요."

"단, 한 가지 조건이 있어요."

"조건이라시면?"

"스텔라, 당신이 흑탑의 수장이 되어 주세요."

그러자 스텔라는 깜짝 놀라는 듯했으나 이내 차분히 웃으며 대답했다.

"저에게는 과분한 자리군요. 또한 저는 조만간 사르곤 제국을 떠날 거예요. 로드께서 가시는 곳이 제가 있을 곳이죠."

그러자 아이리스 역시 빙긋 미소 지었다.

"알아요. 나 또한 당신과 같이 로드를 따라갈 거라 누구보다 그 사실을 잘 알고 있죠."

"한데 왜 그 같은 말씀을 하셨나요?"

"형식적인 자리라 생각하면 돼요. 흑탑의 수장은 죽음의 어새신이라 불리는 스텔라 당신 외에는 적격자가 없어요. 당신이 아니면 그들이 순순히 통제에 따르지 않을 테니까요. 일 년에 한두 번이라도 흑탑에 들러 그들을 격려해 주기만 하면 되니 부담 갖지 말아요."

스텔라는 그제야 아이리스의 말을 이해했다.

'하긴 내가 아니면 그들은 좀처럼 마음을 열지 못할 거야.'

특히 흑탑 9층에 있던 세 명의 특급 어새신들은 차라리 죽음을 선택할지도 모른다.

당시 스텔라는 그들과 사투를 벌였고 승리했다.

그런데 그들은 전력을 다하지 않았다. 나칸에 대한 의리를 지키기 위해 스텔라를 막아섰지만, 진심으로 스텔라를 죽일 생각은 없었기 때문이다.

스텔라 역시 그런 그들의 심리를 읽었기에 그들을 죽이지 않고 상처만 입힌 후 10층으로 올라간 것이었다.

그들은 단순히 스텔라가 더 강하다는 이유로만 그녀를 인정하는 것이 아니다.

스텔라가 그들과 동일하게 피와 죽음의 길을 걸어왔다는 것!

그것이 오직 스텔라가 아니면 마음을 열지 못하는 이유일 것이다.

"폐하와 마마의 뜻에 따르겠어요."

그렇게 스텔라는 흑탑의 수장이 되었다.

한편 그때 로이스 역시 사르곤 제국에 머물며 라테르와 아이리스 등이 제국을 안정시키는 것을 지켜봤다.

사실 이제 이곳에서 로이스가 할 일은 별로 없었다. 아니, 별로가 아니라 아예 없는 것이 맞았다.

모든 건 라테르가 알아서 잘할 테니까.

그래도 혹시 마왕이나 마족 잔당이 어디선가 숨어 있다가 나타나지 않을까 싶어 황궁의 구석구석을 뒤져 봤고, 특히 나칸의 소굴인 마탑과 흑탑의 지하 동굴 쪽은 하루에 몇 번이고 살펴봤다.

그 외에는 뭐 달리 할 일이 있겠는가.

라테르가 로이스에게 황궁의 궁전 하나를 거처로 내준 터라 그곳에서 맛있는 음식을 먹으며 시간을 보냈다.

언젠가 플레인 백작이 얘기했던 보통 사람이라면 평생을 가도 한 번 맛보기 힘든 산해진미!

과연 황궁 요리사들의 솜씨는 뛰어났다.

로이스는 하루에 기본 3식에 간식까지 포함해 10여 차례를 매번 다른 음식을 맛보며 신나 있었다.

"하하하, 이렇게 맛있는 음식이 많다니. 역시 황궁은 좋은 곳이구나."

또한 술이라는 것도 종류별로 맛보았다.

아무리 마셔도 취하지 않았지만, 그래도 각각의 술마다

나는 향과 맛을 즐길 수는 있었다.

하지만 그렇게 맛있는 음식과 술을 매일 먹고 마시는 것도 하루 이틀이지.

한 10여 일이 지나자 신물이 나기 시작했다.

그러다 한 달이 지났을 때는 맛있는 음식들을 보면서도 별 감흥이 없었다.

'그나저나 이 짓도 지겹군.'

한동안 정말 푹 쉬었다. 슬슬 샤론 대륙으로 돌아갈 때가 온 것이다.

로이스에겐 맛있는 음식과 술을 마시며 편하게 지내는 것보다 거친 샤론 대륙의 황야를 누비며 몬스터들이나 마족들과 전투를 벌이는 것이 훨씬 신나는 일이었다.

그래서 아이리스를 불러 말했다.

"난 이제 아스피스 성으로 돌아갈 거야. 타락한 용자 제라칸이란 녀석도 손봐야 하고, 마족들도 사냥해야 하고 할 일이 많아. 여긴 이제 안전한 것 같으니 내가 가도 상관없겠지?"

Chapter 3
푸른 와이번의 반지

"그럼 저도 로드를 따라가겠어요."

아이리스는 로이스가 떠날 것을 이미 예상한 듯했다. 로이스는 손을 흔들었다.

"네가 아무리 내 부하지만 굳이 날 따라서 위험한 곳까지 갈 필요는 없어. 라테르가 황제가 되었으니 넌 그냥 이곳에서 지내는 게 어때?"

이것은 로이스의 진심이었다.

그는 굳이 부하들을 구속할 생각은 없었다.

아이리스가 진심으로 원한다면 모를까 억지로 그녀를 끌고 샤론 대륙으로 가고 싶지는 않았다.

더구나 그녀는 황제의 누이동생이니 이곳에 있으면 부러운 것 없이 살 수 있을 것이다.

그러나 아이리스는 무슨 말이냐며 섭섭해하는 표정이었다.

"제가 따라가는 게 싫으신 건 아니죠?"

"그럴 리가 있겠어? 날 따라오고 싶으면 따라와. 그건 나도 좋으니까. 하지만 여기 남고 싶으면서 억지로 따라올 필요는 없어. 네 선택을 존중한다는 뜻이야."

그러자 아이리스의 안색이 금세 환해졌다.

"제 선택은 로드를 따르는 것이에요. 오라버니껜 이미 말씀드렸어요. 이제 이곳은 제가 없어도 충분해요. 재야에 있던 유능한 인재들이 폐하의 곁으로 몰려들고 있거든요."

"잘됐네."

로이스는 미소 지었다. 그때 로이스의 앞으로 흑색의 바람이 몰아치더니 한 소녀의 형상으로 변했다.

흑탑의 수장이 된 스텔라였다.

"로드! 저도 로드를 따를 준비를 마쳤어요."

혹시라도 로이스가 자신을 떼어 놓고 갈까 봐 감시라도 하고 있었던 것일까?

그녀는 로이스가 떠난다는 말을 하기 무섭게 번쩍 나타났다. 그리고는 초롱초롱한 눈빛으로 쳐다보고 있었다.

로이스는 흔쾌히 고개를 끄덕였다.

"여럿이 가면 심심하지 않을 거야."

다른 이는 몰라도 스텔라는 함께 갈 것이라고 이미 예상했던 바였다.

디리링~

그때 아름다운 하프의 선율과 함께 은빛 로브의 미소녀가 나타났다. 그녀는 푸른 하프를 한 손에 든 채로 로이스를 향해 허리를 숙였다.

"저 역시 출전 준비를 마쳤어요, 로드."

당당한 눈빛으로 출전이라는 말까지 하는 그녀는 물론 마법사 로디아였다.

라테르로부터 황궁의 대마법사가 되어 달라는 부탁을 받았지만 정중히 사양한 그녀는 로이스와 함께 신비한 무한의 대륙을 누빌 꿈에 부풀어 있었다.

그런 넓은 세상을 안 보았다면 모를까, 이미 새로운 세상을 경험한 그녀에게 사르곤 제국은 그저 좁은 우물에 지나지 않았다.

그 신대륙의 좌표를 정리하며 공간 이동 마법을 자유롭게 펼치는 것은 그녀의 새로운 목표이기도 했다.

"설마 절 떼어 놓고 가실 건 아니죠?"

"그럴 리가 있겠어? 마법사가 옆에 있으면 나도 편하고 좋아."

로이스는 씩 웃었다. 그러다 힐끗 고개를 돌려 궁전의 정원 쪽을 쳐다봤다.

언제 왔는지 그곳엔 두 명의 인물이 서 있었다.

카로드 공작과 루니우스 후작.

"로이스 님을 알현합니다."

그들은 로이스가 쳐다보자 동시에 공손히 허리를 숙이며 최대한 공경의 표시를 했다. 황제에게나 쓰는 알현이라는 말까지 써 가며 말이다. 그것은 그만큼 그들이 로이스를 공경하면서도 어렵게 생각하고 있음을 의미했다.

로이스는 손을 흔들었다.

"됐으니 그런 거창한 인사는 안 해도 돼. 여긴 무슨 일들이지?"

그러자 루니우스가 대답했다.

"저도 로드를 따라가도 될까요?"

"물론이야. 하지만 억지로 따라올 필요는 없어. 그랜드 마스터인 네가 여기 남아서 사르곤 제국을 지켜 준다면 그것만으로도 든든할 테니까."

"이곳은 세리나가 있으니 걱정할 것 없어요. 그리 머지않아 세리나도 벽을 넘어설 거라서."

벽을 넘어선다는 것은 세리나도 그랜드 마스터가 될 거

란 얘기다.

한 시대에 한 명도 나오기 힘들다는 그 대단한 경지를 부녀가 모두 이룬 것도 놀라운데, 거기에 또 한 명이 늘어난다는 거니, 과연 카로드 공작가는 대단한 곳이었다.

루니우스는 말을 이었다.

"따라서 저는 로드를 따라가겠어요. 억지가 아니라 진심이에요."

"진심?"

"일전에 로드께서 하신 말 기억나시나요? 좁은 세상에 머물지 말고 넓은 곳으로 나가라는 것."

"응. 그 말을 하긴 했는데."

로이스가 고개를 끄덕이자 루니우스가 결연한 눈빛을 지었다.

"저는 그 말씀에 공감해요. 그토록 넓은 세상이 있는 줄 모르고 라키아 대륙에서 더 이상 오를 수 없는 경지에 이르렀다며 교만에 빠져 있었죠. 이제 저는 인간이 아닌 마족이나 마왕과 같은 사악한 존재들과 싸우기 위해 검을 들 생각이에요."

"아주 멋진 생각이야!"

로이스는 흐뭇한 표정으로 고개를 끄덕였다.

사실 그건 그가 루니우스에게 바라던 것이기도 했다. 그녀와 같은 강한 검사가 시종 황궁에만 처박혀 황제의 호위나 하고 있기엔 너무 아깝기 때문이다.

그러다 로이스의 시선이 카로드 공작에게로 향했다.

그는 현재 마나를 잃어버린 상태지만 건강에는 별 이상이 없었다. 로이스의 충고를 받아들인 뒤 회복용 포션을 꾸준히 마시며 치료를 받아서였다.

"그대는 어찌할 생각이야, 카로드 공작?"

그러자 카로드 공작이 부드럽게 웃으며 대답했다.

"일전에 해 주신 그 충고가 큰 도움이 되었습니다. 따라서 저 또한 큰딸 루니우스와 뜻이 같습니다. 이 좁은 우물을 벗어나 대양으로 나가 진정한 강자들과 싸워 보고 싶군요."

로이스가 환하게 웃었다.

"좋은 생각이야. 잃어버린 마나는 미스토스의 힘으로 얼마든지 치료할 수 있어."

"그런 신비한 치료가 가능하다 하니 기대 중입니다."

카로드 공작은 미소 지었다.

"다만 저는 당신을 따라가기보다는 아스피스 성의 용자 아시엘 님을 돕고자 합니다. 그분과 함께 라키아 대륙을 노리는 사악한 마왕의 세력과 맞서 싸울 것입니다."

이는 카로드 공작이 용자 아시엘의 기사가 되겠다는 뜻

이었다.

로이스는 반색했다.

"그것도 좋은 생각이네. 그대가 아스피스 성에 남아 준다면 난 안심하고 멀리 원정을 떠날 수 있을 거야."

"저로 하여금 넓은 세상을 바라보게 해 주신 로이스 님의 은혜 잊지 않을 것입니다."

사실 이는 황제인 라테르가 친히 카로드 공작을 찾아와 부탁한 것이기도 했다.

'카로드 공작! 부디 용자의 기사가 되어 주시오! 그대가 아스피스 성을 지킨다면 짐은 안심하고 제국의 정사에 전념할 수 있을 것이오. 머지않아 로이스 님은 아스피스 성을 떠날 것이고, 루니우스 후작 또한 그분을 따라갈 것이 자명한 사실. 그때 용자 아시엘 님을 지켜 줄 용맹한 기사가 필요하오. 그대의 상처는 미스토스의 힘으로 쉽게 치료할 수 있으니 염려 마시오.'

카로드 공작은 나칸의 마수로부터 황제와 황후, 그리고 황태자를 지켜 내지 못했다. 그 일로 인해 심한 자책감을 갖고 있는 터라 그는 라테르의 부탁을 거절할 수 없었다.

그러나 단순히 황제의 부탁 때문에 그런 결심을 하게 된 것은 아니었다.

로이스가 말한 더 넓은 세상을 직접 보기 위함이었다.

용자의 곁에 있으면 대륙을 위협하는 마왕의 세력과 필히 싸우게 될 것이기 때문이다.

사르곤 제국에서 절대자의 경지에 이르면서 한 번도 만나 보지 못했던 강한 적!

마지막에 그를 좌절시킨 그 마족을 만나 호되게 당해 보지 않았다면 아직도 우물 안의 개구리라는 사실을 모르고 있었을 것이다.

그런 가공스러운 능력을 가진 마족이 실존하는 줄 알았다면 그는 검술 수련을 더 미친 듯이 했을 것이다.

스스로 최강자라 자부했던 지난 세월이 부끄러웠다.

'더는 그런 놈들에게 패배하지 않을 것이다.'

그 생각을 하자 투지가 샘솟았다.

매일 극한의 수련을 통해 강해질 이유가 생겨났으니까.

*　　*　　*

떠나기로 결심하자 로이스는 지체하지 않았다.

"잠시 후 떠나겠다. 모두 준비할 것이 있으면 최대한 빨리 챙겨서 이곳으로 집합하도록 해."

"예, 로드!"

이미 로이스의 급한 성격을 알고 있는 아이리스 등은 각자가 필요한 물건들을 미리 챙겨 둔 터였다.

언제 로이스가 떠나자고 할지 모르기 때문이었다.

그러나 의외로 그들의 짐은 단출했다.

아이리스와 로디아는 평소의 복장 그대로였고, 스텔라는 아주 작은 배낭 하나만 등에 지고 있었다. 물건이 몇 개 들어가지도 않을 마치 장식품과 같은 귀여운 가방이었다.

루니우스 후작과 카로드 공작도 각자의 검만 챙겨 온 듯 다른 짐은 보이지 않았다.

물론 그들의 짐은 눈에 보이는 것이 다가 아니었다.

아이리스는 황궁에서 보물로 내려오는 아공간의 팔찌를 차고 있었다. 팔찌와 연결된 아공간의 창고에 필요한 물건들을 넣어 놨기에 마치 아무런 짐도 없는 것처럼 보였다.

마찬가지로 로디아 역시 마탑의 보물 중 하나인 아공간의 반지를 오른손 약지에 끼고 있었고, 스텔라가 메고 있는 가방 또한 아공간 창고 한 칸과 연결되어 있는 흑탑의 보물이었다.

당연히 카로드 공작과 루니우스 후작도 가문의 보물로 내려오는 아공간의 반지를 하나씩 끼고 왔다.

"로이스 님, 이렇게 빨리 떠나시다니 섭섭하군요. 이것은 약소하지만 저의 성의이니 받아 주십시오."

로이스가 떠난다는 말을 들은 황제 라테르가 부리나케 달려와 뭔가를 내밀었다.

푸른 와이번의 형상이 양각되어 있는 반지였다. 알 수 없는 신비한 재질로 된 이 반지는 한눈에 보기에도 뭔가 보물 같다는 느낌이 들었다.

로이스의 두 눈이 휘둥그레 커졌다. 이런 건 절대 사양하지 않고 받는 것이 선물을 건넨 사람에 대한 예의일 것이다.

"웬 반지야?"

라테르가 미소 지었다.

"아공간의 반지입니다. 배낭이나 무기를 직접 들고 다닐 필요 없이 이 반지와 연결된 아공간에 넣고 다니면 편할 것입니다."

"오! 그런 것도 있어?"

"일단 반지를 손가락에 끼신 후 마나를 주입하면 아공간의 창고가 보일 겁니다."

"좋아."

로이스는 즉시 반지를 손가락에 끼어 보았다.

[푸른 와이번의 반지(전설)를 얻었습니다.]

* 푸른 와이번의 반지

—등급 : 전설

—4칸의 아공간 창고와 연결되어 있음.

—반지를 손가락에 착용 후 마나를 주입해야 아공간의 창고를 쓸 수 있음.

—이 반지에는 특별한 힘이 봉인되어 있음. 봉인을 풀기 위해서는 샤론 대륙으로 가야 함.

하나도 아니고 무려 4개나 되는 아공간 창고와 연결되어 있다니!

과연 전설 등급의 반지였다.

게다가 특별한 힘이 봉인되어 있다는 내용도 보였다.

대체 무슨 힘이 봉인되어 있는 것일까?

지금은 알 수 없었다.

'샤론 대륙으로 가야 봉인이 풀린다고 나와 있네?'

그건 어려운 일이 아니다. 어차피 지금 샤론 대륙으로 가는 중이니 말이다.

일단은 아공간 창고가 있다고 하니 그것부터 확인해 보기로 했다.

츠읏.

과연 미호를 주입해 보니 로이스의 시야에 4칸의 아공간 창고가 보였다.

각 창고의 크기도 엄청났다. 웬만한 집보다 넓어 보였으니까.

더욱 놀라운 것은 그중 두 칸에 뭔가가 잔뜩 들어 있다는 것!

첫 번째 칸에는 금괴와 은괴, 회복 포션, 마법 두루마리, 마정석, 고급 장신구, 기타 각종 보석들이 잔뜩 들어 있는 상자들이 쌓여 있었다.

사실 뭔가 번쩍거리는 것이 많아서 좋다고 생각할 뿐 저 것들이 다 뭔지 로이스는 모른다.

물론 하나씩 살펴보면 그것이 무엇인지 군주의 목걸이가 다 알려 주겠지만, 굳이 그럴 것까지는 없었다.

딱 봐도 보물들이라는 것은 확실하니 말이다.

'와! 많다!'

자신의 창고에 보물이 산처럼 쌓여 있는 모습을 보고 기분이 좋지 않은 사람은 없을 것이다.

그런데 그뿐이 아니었다.

두 번째 아공간의 창고에는 온갖 무기와 방어구들로 가득했다. 그것들도 모두 번쩍거리는 것이 매우 좋아 보였다.

"뭘 이렇게 많이 담았어?"

"로이스 님께서 마왕으로부터 제국을 구해 주셨는데 제가 어찌 보물을 아끼겠습니까? 황궁 보고 안에 있는 물건 중 일부를 담아 온 것이니 부담 갖지 말고 받으십시오. 저의 성의입니다."

로이스는 만면에 활짝 미소를 지었다.

"성의라니 받을게. 그런데 줘 놓고 나중에 다시 달라고 하기 없기야?"

"절대 그럴 일은 없으니 염려 마십시오."

"그래도 나 때문에 황궁이 가난해지면 곤란하잖아. 지금이라도 늦지 않았으니까 다시 가져가. 난 이렇게 많이는 필요 없거든."

"하하, 황궁은 절대 가난하지 않습니다. 염려 말고 받으십시오."

라테르는 저 두 칸의 보물들이 황궁 보고에 있는 보물들의 백분의 일 정도에 불과하다는 얘기를 하려다 말았다.

'그런 말은 하지 않는 게 좋겠지.'

자칫 단순한 성격의 로이스가 고작 백분의 일을 줬느냐며 불쾌하게 생각할 가능성도 있기 때문이다.

아무리 백분의 일이라지만 작은 왕국을 세울 수 있을 만한 엄청난 양의 재화인데 말이다.

게다가 이미 로이스는 세상을 다 얻은 것 같은 뿌듯한 표정을 짓고 있는데, 쓸데없이 사실을 말해 저 기분을 망칠 필요는 없는 것이다.

라테르는 빙긋 웃으며 물었다.

"보물들은 마음에 드십니까?"

"후후, 지금 살펴보고 있어."

계속해서 두 번째 아공간 창고를 살피는 로이스의 두 눈이 반짝였다. 돈이나 보석들보다 각종 전투 장비들이 가득한 두 번째 칸이 로이스의 관심을 끄는 것은 당연했다.

'무기가 많아 심심할 일은 없겠는걸.'

검도 종류별로 다양했다. 창도 마찬가지였다. 로이스에게 익숙한 할버드도 있었으며, 스피어나 랜스, 심지어 사이드라 불리는 끝이 휘어진 창도 보였다.

그뿐이 아니다. 활과 석궁, 메이스, 배틀 액스 등등 지금껏 한 번도 사용해 보지 못한 무기들도 수두룩했다.

심심할 때 한 번씩 수련해 보면 흥미로울 것이다.

또한 방어구도 다양했다.

놀라운 것은 그것들 대부분이 희귀 등급 아니면 영웅 등급의 장비라는 것!

군주의 목걸이로 인해 각각의 장비를 쳐다보기만 해도 설명이 나오는 터라 로이스도 쉽게 알 수 있었다.

그러나 아쉽게도 현재 로이스가 주로 사용하고 있는 마

검 다켈이나 하페온의 차크람과 같은 전설 등급의 장비는 없었다.

할버드 역시 마찬가지다. 전설 등급은 없었고 영웅 등급의 무기는 하나 보였다.

* 진격의 미늘창
—등급 : 영웅
—장착 시 공격 속도와 이동 속도가 증가함.
—장착 시 할버드 전술 2단계 상승.

현재 로이스가 사용하는 할버드는 희귀 등급인 어둠의 미늘창에 파괴의 마력석을 부착한 상태다.

덕분에 파괴의 미늘창이라는 영웅 등급의 무기로 변했다.

본래는 희귀 등급인 장비가 파괴의 마력석 때문에 영웅 등급이 된 것이다.

'파괴의 마력석을 희귀 등급에 쓰긴 아깝긴 하지.'

다행히 파괴의 마력석은 언제든 떼어 내 다른 장비에 부착이 가능하다.

따라서 진격의 미늘창에 그것을 부착하면 훨씬 강력한 위력의 무기로 변할 것이다.

'릴리아나에게 말해 파괴의 마력석을 바꿔 붙이라고 해야겠어.'

한편 그때 아이리스는 라테르가 로이스에게 건넨 푸른 와이번의 반지를 보며 기쁨이 가득한 표정을 지었다.

"폐하! 황궁에 하나뿐인 보물을 로드께 드렸군요."

"물론이다. 이제야 그 보물의 진짜 주인을 찾았는데 내 어찌 그것을 아끼겠느냐."

라테르는 흐뭇하게 미소 지었다.

푸른 와이번의 반지야말로 황궁에 단 하나만 존재하는 최고의 보물이었다.

물론 그것은 푸른 와이번의 반지가 무려 4칸이나 되는 아공간 창고를 사용할 수 있어서가 아니었다.

이 반지와 함께 황궁 보고에 보관된 예언서의 내용 때문이었다.

사르곤 제국의 큰 위기를 이 반지의 진정한 주인이 될 자로 인해 넘길 수 있을 것이란 고대의 예언!

'언제고 사르곤 제국에 큰 위기가 찾아올 것이다. 그러나 전설의 군주가 제국을 도울 것이니 염려하지 말라. 그 군주가 바로 이 반지의 바로 진정한 주인이니라. 위기를 넘긴 당대 황제는 반드시 이 반

지를 전설의 군주에게 바치도록 하라.'

사르곤 제국의 황족이라면 누구나 읽어 알고 있는 내용이다.

푸른 와이번의 반지의 진정한 주인이 될 자가 제국을 위기에서 구해 준다는 이 예언은 왠지 허황된 얘기 같지만, 그래도 이 반지는 황가의 가보로서 황궁 보고의 가장 깊숙한 장소에 보관되어 왔다.

이 반지가 황궁의 가장 큰 보물로 취급된 것은 바로 그 때문이었다.

사르곤 제국의 상징이 푸른 와이번이 된 것도 이와 연관이 있었다.

'예언의 내용은 사실이었다. 또한 그 예언이 말하는 전설의 군주는 바로 로이스 저분이 분명하다.'

예언서에는 그림도 그려져 있었다.

아름다운 백색 꽃의 요정과 함께 서 있는 용사의 모습이었다.

라테르는 로이스를 수호하는 꽃의 요정이 있다는 얘기를 아이리스에게 들은 터였다.

그렇다면 전설의 군주는 로이스 외에 누구이겠는가.

실제로 로이스가 아니었다면 사르곤 제국은 마왕의 권속

들에 의해 장악되어 처참한 상황으로 변하고 말았으리라.

그래서 라테르는 선뜻 황궁 최고의 보물을 로이스에게 바친 것이다.

설령 그런 예언이 없었더라도 로이스에게 그 반지를 주는 것이 조금도 아깝지 않았을 것이다.

그런데 로이스는 마치 잃어버렸던 물건을 다시 찾은 것처럼 이 반지가 생소하지 않고 편했다. 군주의 목걸이를 처음 얻었을 때도 이 같은 느낌이 들었는데 왠지 신기했다.

"그럼 이제 샤론 대륙의 국경 앞으로 이동하겠어요. 모두 마법진 위로 올라와 주세요."

그사이 바닥에 마법진을 그린 로디아가 말하자 모두 그녀의 말대로 마법진 위로 올라갔다.

화아아악!

마법진의 빛에 휩싸인 로이스를 향해 라테르가 허리를 숙였다.

"언제든 찾아오십시오. 환영하겠습니다."

"멋진 황제가 되길 바라겠다, 라테르."

로이스는 씩 웃으며 손을 흔들었다.

화아아악!

찬란한 빛무리가 모두의 시야를 가린 순간 마법진은 그 자리에서 흔적도 없이 사라졌다.

*　*　*

화아아악—

멀리 보랏빛 구름 지대가 보이는 라키아 대륙 북부의 한 구릉.

그곳에 마법진이 생겨나더니 눈부신 빛을 뿜어냈다.

그 빛이 사라지고 드러난 이들은 물론 로이스 일행이었다.

"후후, 순식간에 도착했네. 역시 마법은 편해."

로이스는 구릉 아래 보랏빛 구름 지대를 바라보며 유쾌하게 웃었다.

저 구름을 바라보면 항상 가슴이 설렜다.

아마도 그것은 샤론 대륙을 향해 가는 그 누구든 마찬가지이리라.

평범한 세상과 이상한 세상의 경계!

유한의 대륙과 무한의 대륙의 경계!

어떤 말을 갖다 붙이든 저 보랏빛 구름 지대의 신비함을 제대로 표현하기는 힘들 것이다.

"그럼 가 볼까?"

"잠시만요. 이 근처에 마력 전차를 숨겨 뒀어요. 그걸 타고 가요."

로디아가 뭐라 주문을 외우자 결계 속에 감춰졌던 마력 전차가 모습을 드러냈다.

스스슷.

"이게 없으면 아스피스 성까지 가는 데 며칠은 더 걸릴 거예요."

한니아 왕국의 마법 장인들이 만들었다는 탑승형 마법도구!

샤론 대륙의 거친 황무지를 이동하는 데 아주 유용했다.

"좋아. 덕분에 편하게 갈 수 있겠어."

마력 전차는 앞 칸과 뒤 칸으로 구분되어 있는데, 뒤 칸이 앞 칸에 비해 열 배는 더 넓고 컸다. 이는 뒤 칸에 침실과 거실 등을 비롯한 각종 편의 시설이 있기 때문이었다.

앞 칸은 조종석과 그 뒤쪽 공간에 10여 명 정도가 앉을 수 있는 좌석과 테이블이 있었다.

지금은 모두 앞 칸에 탄 상태였다.

"그럼 모두 탔으니 전차를 이동시킬게요."

츠읏.

조종석에는 로디아가 앉았다. 조종구라 불리는 구슬에 마나를 살짝 주입하면 마력 전차가 이동하는데 그때부터는 조종사의 의지에 따라 마력 전차의 방향 전환이 가능했다.

굳이 조종석에서 직접 조작을 하지 않아도 조종사가 머릿속에서 미리 지정한 경로를 따라 마력 전차가 알아서 이동한다는 뜻이다.

그리고 이 마력 전차가 가진 또 하나의 기능은 자체 방어능력이었다.

적의 공격을 받게 되면 마력 전차에 깃든 각종 마법 주문들에 의해 자체적으로 방어 및 반격을 하게 된다.

마력 전차 하나의 전투력이 웬만한 기사단 하나를 방불케 한다고 했다.

물론 소드 마스터급의 검사 앞에서는 별 위력을 발휘하지 못하지만 그래도 공연히 전차(戰車)라 불리는 것이 아니었다.

다만 마나의 힘에 의해 움직이는 만큼 마력 전차의 구동에는 마정석이 필수로 소모되었다.

그 귀하다는 1급 마정석 하나로 몇 달 정도만 구동이 가능하니까.

심지어 마력 전차가 전투를 많이 수행하게 되면 그만큼 마정석의 소모가 빨라져 몇 달이 아니라 한 달도 못 갈 수 있었다.

1급 마정석 하나의 가치는 사르곤 제국의 화폐로 따졌을 때 무려 1만 골드 가까이 된다.

그것을 동력 삼아 움직인다는 건 골드를 길바닥에 뿌리는 것이나 마찬가지인 것이다.

엄청난 부자가 아니라면 감히 시도해 보지도 못할 사치스러운 일이지만, 로디아에게는 예외였다.

그녀의 아공간에는 1급 마정석들이 잔뜩 쌓여 있었으니까.

뿐만이 아니다. 아이리스의 아공간 창고에도 1급 마정석들이 적지 않았다.

스텔라나 루니우스, 카로드 공작도 아공간에 기본적으로 몇 개의 마정석들은 꼭 챙겨 둔 상태였다.

그 어떤 세계를 간다 해도 마정석이 흔하게 취급될 수는 없으니까.

설령 금과 은이 똥처럼 여기지는 괴상한 곳이라 해도 마정석은 그럴 리 없는 것이다.

물론 로이스의 아공간 창고 첫 번째 칸에도 마정석들이 잔뜩 있었다. 라테르가 알아서 챙겨 준 것이었다. 양으로 따지면 나머지 네 명의 아공간 창고에 있는 마정석들을 다 합쳐도 로이스가 가진 것의 반도 안 될 것이다.

아무튼 이렇게 마정석들이 많다 보니 마력 전차의 동력이 부족할 걱정은 하지 않아도 되었다.

촤르르르!

곧바로 수십 개의 수레바퀴들이 빠르게 회전하며 마력 전차가 앞으로 나아갔다.

마차보다 훨씬 빠른 속도! 여기에 로디아가 이동 속도 증가 마법까지 펼쳐 주면 속도는 훨씬 더 빨라진다.

그러나 로디아가 볼 때 이 마력 전차는 비효율적인 부분이 많았다.

'동력 소모가 쓸데없이 많아. 여러모로 보완해야 할 부분이 보이네.'

당분간 로디아는 마력 전차의 개조에 집중해 보기로 했다. 육로뿐이 아닌 수로까지 이동이 가능한 전천후 이동 수단으로 만들 생각이었다.

동시에 지금보다 동력의 효율을 높여, 쓸데없이 많은 마정석 소모를 줄이는 것도 그녀의 목적이었다.

한편 그사이 마력 전차는 보랏빛 구름 지대를 통과했다.

Chapter 4

상급 수호 요정

드디어 샤론 대륙!

방금 전까지 전방에서 보이던 구름 지대가 어느새 마력 전차 후방 멀리서 구름의 바다를 이루고 있었다.

마치 아득한 공간을 주파해 온 느낌.

이는 저 괴상한 경계를 넘을 때면 누구나 경험하는 신비한 현상이었다.

한편 그렇게 마력 전차가 샤론 대륙으로 진입한 순간 로이스의 목걸이와 반지가 동시에 빛나기 시작했으니.

번쩍! 화아악—

먼저 군주의 목걸이가 빛나며 글자들이 나타났다.

[마검 다켈의 주인 로이스여!]

[미스토스 상급 기사가 된 그대는 이전과 차원이 다른 강함을 보유하게 되었다. 하나 사악한 마왕들과 타락한 용자들을 떨게 할 만큼 강한 절대자가 되기엔 아직 부족하다. 그것은 오직 미스토스 군주가 되어야 가능한 일이기 때문이다]

[미스토스 군주가 되고 싶은가?]

"……!"
로이스의 심장이 뛰었다.
드디어 미스토스 군주에 대한 내용이 나타났기 때문이다.
'물론이야. 난 미스토스 군주가 될 것이다!'
로이스가 그렇게 생각하는 순간.

[그렇다면 미스토스 군주가 될 자격을 증명하라.]

[적어도 7명의 용자에게 그대의 능력을 인정받아

야 그 자격이 있다 할 것이다. 또한 미스토스 상급 기사로서 그대의 능력이 그 끝에 도달해야 하리라.]

[임무] 미스토스 군주가 될 자격을 증명하라

—7명의 용자에게 능력을 인정받는다. 1/7

—상급 50 레벨을 달성한다. 1/50

'일곱 명의 용자에게 능력을 인정받으면 된다고?'

매우 뜻밖의 임무였다. 레벨이야 강한 적들과 싸워 이기면 오르지만, 용자들에게 인정받는 건 전혀 다른 문제인 것이다.

그런데 놀랍게도 이미 한 명의 용자에게는 인정을 받은 상태로 되어 있었다.

[임무 조건] 7명의 용자에게 능력을 인정받는다. 1/7

—용자 아시엘에게 능력을 인정받았음.

—???

—???

—???

—???

—???

—???

임무 조건을 살펴보니 지금처럼 추가 설명이 나왔다.

로이스는 미소 지었다.

'그러고 보니 아시엘에게 인정을 받은 것이군.'

결국 이 말은 용자들을 도와주면 능력을 자연스레 인정받게 된다는 의미였다.

소녀 아시엘을 도와 그녀가 당당하게 용자로서 살아갈 수 있도록 도와준 것처럼, 또 다른 6명의 용자를 그런 식으로 도우면 되는 것이다.

'이제 용자들을 찾아다녀야 하려나.'

어디로 가야 용자들을 만나게 될지는 모르지만, 샤론 대륙은 무한의 대륙이라 했으니 어디든 가다 보면 어떻게든 용자를 만날 수 있지 않을까?

그러한 여정 중에 마족들을 사냥하며 레벨을 올리면, 언젠가 미스토스 군주가 될 날이 올 것이다.

번쩍! 화악—

그사이 군주의 목걸이에서 빛이 사라지고, 이번에는 푸른 와이번의 반지에서 빛이 났다.

[마검 다켈의 주인 로이스여!]

[그대가 얻은 푸른 와이번의 반지는 고대의 계약에 따라 특별한 능력이 봉인되어 있다. 오직 자격이 있는 자에게만 그 능력이 개방될 것이니! 적어도 마왕 세 명을 처치한 자라야 그 자격이 있다 할 것이다.]

[임무] 자격을 증명하여 푸른 와이번 반지의 봉인을 푼다.

—마왕 세 명을 처치한다. 0/3

대체 이 반지에 무슨 대단한 능력이 봉인되어 있기에 마왕을 세 명이나 해치워야 그 능력이 드러나는 것일까?

그러나 로이스는 놀라지 않았다. 어차피 그의 목표는 모든 마왕들을 다 죽이는 것인데, 고작 세 명 죽이는 게 뭐 놀랄 일이겠는가.

'그냥 마왕 세 놈만 해치우면 되는 거네.'

보통의 사람에게는 불가능하게 느껴질 임무일지 모르지만, 그에게는 별것 아니게 느껴질 뿐이었다.

*　　*　　*

아스피스 성.

로이스 일행이 도착했을 때 성은 축제 분위기였다.

용자의 기사인 라테르가 사르곤 제국의 황제가 되었기 때문이다.

이로 말미암아 이후 사르곤 제국은 물론이고 라키아 대륙의 그 어떤 왕국들도 이전처럼 아스피스 성을 공격해 오지 않을 것이다.

더구나 라테르가 약속대로 제국 각지에 노예로 살고 있는 루파인 왕국의 인물들을 막대한 보상과 함께 풀어 주었다. 그들은 지금도 매일 아스피스 성으로 들어오고 있었다.

아스피스 성의 외성은 또 확장되었고, 그 안에 루파인 왕국의 인물들이 살 수 있는 주거 공간과 모든 편의 시설이 갖춰진 도시가 생겨났다.

그 도시의 이름은 루파인.

도시 루파인은 아스피스 성의 보호 아래 있으며 그곳의 시민들은 용자 아시엘의 백성이었다.

"이야! 성이 또 커졌네."

"외성이 또 하나 생겼어요!"

로이스 일행이 탄 마력 마차는 외성 문을 통과해 내성으로 향하는 긴 도로 위를 달리고 있었다.

외성은 두 겹이었는데, 가장 바깥 성의 내부는 제국 연합군의 병사들이 주둔하는 군영들과 훈련소, 각종 수련장과 군사용 방어 시설, 그리고 텃밭을 비롯한 농경지와 과수나무 등이 즐비한 숲이 들어서 있었다.

그곳을 따라 들어가 또 하나의 외성 문을 통과하면 그곳에 바로 도시 루파인이 존재했다.

웅장하게 지어진 커다란 관청부터 시작해서 멋지고 아름다운 저택들, 쭉쭉 뻗은 도로와 광장까지!

사르곤 제국에서도 본 적 없는 화려하고 멋진 도시의 풍경이었다.

"여긴 매번 올 때마다 새로운 게 보이는군."

로이스는 왠지 감회가 새로웠다.

처음 아시엘의 집에 방문했을 때가 떠올라서였다.

초라한 초가집. 우물 하나도 없는 텅 빈 마당.

아시엘은 병색이 짙어 보였고, 스위니는 지쳐 있었다.

집사 타르파는 또 어땠던가. 그는 귀여운 소녀로 변신해 로이스의 동정심을 사려 했을 정도였다.

그 누가 그때의 아시엘을 보고 용자를 떠올렸겠는가.

그랬던 그녀가 지금은 이 거대한 성의 주인이 되었다.

'후후, 왠지 뿌듯하네.'

로이스는 기분 좋게 웃었다. 그사이 마력 전차는 도로를 따라 이동해 용자 아시엘의 궁전이 있는 내성 문을 통과했다.

각 성문마다 병사들이 삼엄한 경비를 서고 있었지만, 로이스가 탄 마력 전차는 검문도 없었다. 오히려 어떻게 알았는지 마력 전차가 나타난 순간 성문이 활짝 열려 그들을 맞이했다.

"돌아오셨군요, 로이스 님!"

"귀환을 축하드립니다!"

"와아! 로이스 님이시다!"

"헤헤! 어서 오세요, 로이스 님!"

마력 전차는 내성 광장에 멈췄다. 그곳에 아시엘과 타르파가 나와 기다리고 있었기 때문이다. 또한 귀여운 이꼬트들도 모여들어 로이스를 환영했다. 오후스와 스위니, 그리고 지금은 충실한 아시엘의 부하가 된 플레인 백작도 보였다.

"모두들 반가워."

로이스는 손을 흔들었다. 아시엘이 두 눈을 크게 뜨며 말했다.

"그사이 더 멋져지셨네요, 로이스 님."

"정말 그래 보여?"

"확실히요."

아시엘은 고개를 끄덕였다. 빈말이 아니라 정말이었다.

로이스로부터 풍겨 나는 기세가 이전과 달랐다.

이전에는 전신에서 강인한 기운이 뿜어져 나와 때로 숨이 막힐 지경이었는데, 지금은 뭔가 더 강한 느낌은 풍기는데 의외로 편안하게 느껴졌던 것이다.

"훨씬 강해진 것 같은데 더 부드러워졌달까요? 뭐라 표현하기 힘드네요."

"후후! 고마워. 넌 역시 눈치가 빠르구나."

로이스는 흡족한 듯 만면에 미소를 지었다. 아시엘이 풋 웃었다.

'하지만 단순한 건 똑같아.'

칭찬받으면 저리도 신이 나는 것일까?

아마도 저 같은 모습은 로이스가 이후로 아무리 강해진다 해도 변하지 않을 것이다.

아니, 변하지 않았으면 하는 것이 그녀의 바람이었다. 저 천진난만한 소년의 미소를 보면 그녀 역시 절로 기분이 좋아지기 때문이다.

물론 이 말은 절대 밖으로 꺼내서는 안 될 것이다. 단순하다는 말을 로이스가 들으면 못마땅한 표정을 지을 것이 분명하니까.

그때 로이스가 그녀에게 누군가를 소개했다.

“참, 이쪽은 카로드 공작이야. 너의 기사가 되기 위해 찾아왔어. 마족과 싸우느라 부상을 당한 상태인데 너라면 쉽게 고칠 수 있을 거야. 그럼 난 이만 릴리아나를 만나러 가 볼게.”

그 말과 함께 로이스는 볼일은 끝났다는 듯 릴리아나의 꽃밭이 있는 쪽으로 걸어갔다.

“그럼 저희들도 이만.”

아이리스 등이 어색한 미소를 지으며 로이스를 따라갔다.

“아, 저…… 그렇군요. 고마워요, 로이스 님. 일단 쉬시고 또 나오세요. 맛있는 것 드릴게요.”

“정말?”

“물론이죠. 언제든 오세요.”

“알았어. 그럼 내일 봐.”

“네.”

아시엘은 환하게 웃었지만 속으로 당황했다. 로이스의 말이 워낙 충격적이었기 때문이다. 그녀는 일단 로이스와 인사를 나눈 후 곧바로 고개를 돌려 카로드 공작을 바라봤다.

“내가 방금 잘못 들은 걸까요? 그대가 진정 사르곤 제국의 그랜드 마스터 카로드 공작인가요?”

“허허, 이제는 그저 평범한 노인에 불과합니다. 용자께 작은 힘이나 보태고 싶어 찾아왔으니 기사로 받아 주신다면 미력하나마 신명을 다해 섬기겠습니다."

이미 용자의 기사가 되기로 결심을 굳힌 터라 카로드 공작은 아시엘을 향해 황제에게 하듯 공경한 태도를 취했다. 물론 아시엘이 황제 라테르의 상전이니 당연한 예이긴 했다.

아시엘의 표정이 일순 경악으로 물들었다. 그러나 그녀는 이내 환한 미소를 지으며 오른손에 들고 있던 완드를 앞으로 내밀었다.

"우선 그대의 부상부터 치료할게요."

번쩍!

완드로부터 눈부신 빛이 일어나 카로드 공작의 몸을 휘감았다.

"……!?"

그러자 카로드 공작의 몸이 움찔 떨렸다. 동시에 잿빛으로 죽어 있던 그의 눈빛이 강렬히 빛나기 시작했다.

"오오! 이럴 수가! 마나가 회복되다니!"

말로만 들었던 미스토스의 신비한 능력을 직접 체험하자 카로드 공작은 꿈이라도 꾸는 기분이었다. 사르곤 제국이었다면 그 어떤 대단한 마법이나 영약으로도 치료할 수 없었을 그의 부상이 완벽하게 치유된 것이다.

'정녕 신비롭구나. 직접 내가 겪지 않았다면 믿지 못했을 것이다.'

전신에 활력이 넘쳤고 그 무엇이든 할 수 있을 듯했다.

그는 즉시 아시엘에게 다시 극진한 공경의 예를 취했다.

"이 은혜는 잊지 않겠습니다. 용자께서 이토록 저를 환대해 주실 뿐만 아니라 부상까지 치료해 주시니 정녕 이곳에 오기를 잘했다는 생각이 드는군요."

그러자 아시엘이 다시 미소 지었다.

"나야말로 고마워요, 카로드 공작. 그대와 같이 뛰어난 검사가 나의 기사가 되어 준다니 정말 든든하기 이를 데 없어요."

"이제 저는 제국의 공작이 아닌 당신의 기사일 뿐이옵니다. 그냥 카로드라 불러 주시지요."

"그래요, 카로드 경. 내일 정식으로 그대를 용자의 대전에서 기사로 임명하겠어요. 오늘은 푹 쉬며 성을 둘러보도록 해요."

"허허허, 물론이옵니다. 성을 둘러봐야지요. 앞으로 이 멋진 곳에서 지낼 생각을 하니 오늘 밤 잠이 올 것 같지 않습니다."

카로드의 입가에도 밝은 미소가 맺혀 있었다.

이미 오면서 이곳 아스피스 성의 웅장한 규모는 확인했다.

외성의 훌륭한 방어 시설은 물론이고, 도시 루파인의 화려한 모습까지.

그러나 내성 전체에서 흐르는 신비한 분위기야말로 그의 가슴을 뛰게 했다.

그것이 바로 미스토스의 기운일 것이다.

'새로 태어난 기분이군. 지금도 내가 회복된 것이 믿기지 않는구나.'

그래서일까? 그는 마치 소년 시절로 돌아간 것처럼 검술에 대한 열정도 되살아났다.

*　　*　　*

"로이스 님! 돌아오셨군요!"

한편 로이스가 꽃밭에 들어가자 릴리아나의 상기된 음성이 그를 반겼다.

눈부신 백색 꽃의 요정!

그녀의 모습은 크게 변한 것이 없지만 이전에 없던 신비한 위엄이 느껴졌다.

뭔가 더 고귀한 존재가 된 것 같달까?

천사라는 존재가 있다면 지금 릴리아나와 비슷할지도 모른다.

그것도 보통의 천사가 아니라 상급 천사 정도는 되어야 할 것이다.

그녀는 로이스를 보며 활짝 웃었다.

"미스토스 상급 기사가 되신 걸 축하해요! 그사이 정말 멋지게 변하셨네요."

"너야말로 어떻게 된 거야? 왜 모습이 그렇게 변한거지?"

"제 모습이 이상한가요?"

"아니. 이상하다기보다는 뭔가 좀 대단한 존재가 된 것 같은 느낌이라서 말이야."

그러자 릴리아나는 도도하면서도 오연한 미소를 지었다.

"훗, 저 대단한 존재 맞아요. 로이스 님 덕분에 이번에 저도 상급 수호 요정이 되었거든요."

로이스는 그제야 고개를 끄덕였다.

"맞아. 그랬었지."

릴리아나가 상급 수호 요정이 된 것은 로이스도 이미 알고 있다.

미스토스 상급 기사가 된 순간 군주의 목걸이가 알려 주었기 때문이다. 그때는 그러려니 했는데 눈으로 보니 실감이 갔다.

"이제는 미스토스를 좀 더 효율적으로 사용할 수 있어요. 결계를 유지하는 데 드는 미스토스 소모가 그만큼 줄어든다는 뜻이죠. 그뿐인 줄 아세요?"

릴리아나는 신이 난 듯 어깨를 으쓱하며 말을 이었다.

“이제 로이스 님의 부하들이 가진 생명의 근원도 제가 보호할 수 있어요. 그들은 이곳 꽃밭이 아닌 어디서든 죽지 않게 된 거죠. 샤론 대륙이 아니라 어디든 상관없어요.”

“그래? 정말 잘됐구나.”

로이스는 반색했다. 릴리아나가 잘난 척을 하지만 충분히 봐 줄 수 있었다.

덕분에 부하들도 로이스처럼 죽지 않게 된 것이다. 릴리아나의 보호 아래 있게 됐으니 말이다.

게다가 샤론 대륙에서만이 아니라 사르곤 제국과 같은 곳까지 그 힘이 미친다고 하니 이 얼마나 다행인가.

로이스는 그것이 미스토스 소모량이 줄었다는 말보다 훨씬 반가웠다.

뜻하지 않은 강적을 만나 부하들을 잃게 된다면 그것처럼 슬픈 일은 없을 테니까.

“네가 상급 수호 요정이 되니 내가 다 기분이 좋은걸. 앞으로 기대할게.”

“하지만 로이스 님과 제가 강해진 것이 마냥 좋은 것만은 아니에요.”

“그게 무슨 뜻이야?”

“혹시 처음 오보츠 숲에서의 일 기억나세요? 그곳에서 로이스 님은 늑대와 멧돼지 등과 싸우며 강해지셨죠.”

"기억나. 그때 멧돼지 녀석들에게 둘러싸여 죽기 직전까지 갔었지."

당시의 기억을 떠올리자 로이스는 왠지 울컥했다.

마왕이나 마족도 아닌 한낱 멧돼지 녀석들에게 그런 굴욕을 당했던 기억을 어찌 잊을 수 있겠는가.

물론 그때는 레벨이 매우 낮았기 때문에 어쩔 수 없긴 했지만 말이다.

"그런데 왜 그때 일을 말하는 거야?"

그러자 릴리아나는 뭔가 감상에 젖은 표정으로 말했다.

"오보츠 숲에서 수련을 통해 강해진 로이스 님은 더 이상 그곳에서 강해질 수 없었죠. 그래서 새로운 곳으로 이동했고, 그러다 용자 아시엘을 만나게 됐어요. 그 후로 그녀를 도우며 지금까지 로이스 님은 엄청나게 강해졌어요. 미스토스 상급 기사가 됐으니 머지않아 능히 마왕과도 대적할 수 있게 될 거예요. 하지만 이제 더 이상 여기서는 안 돼요. 강해지려면 익숙한 곳을 떠나 낯선 곳으로 가야 해요. 편안하고 익숙한 장소에만 있으면 결국 안주하고 싶게 될 거라서요. 그러니까."

"……."

로이스는 눈꺼풀이 점점 무거워지는 것을 느꼈다. 그런데도 릴리아나는 또 뭔가 긴 애기를 하려는 기색이었다. 고개를 꾸벅이며 슬슬 졸던 로이스가 불쑥 손을 흔들었다.

"잠깐!"

"왜요?"

"그러니까 결론이 뭐냐고?"

"결론은 로이스 님이 더 강해지려면 아스피스 성을 떠나야 한다는 뜻이죠."

로이스는 미소 지었다. 그래, 결국 그 얘기를 하려고 했던 거였구나.

"나도 알아. 어차피 용자들에게 인정을 받으려면 떠나야 하거든."

"인정을 받아요?"

"미스토스 군주가 되려면 모두 일곱 명의 용자에게 능력 인정을 받아야 해. 그중 하나는 아시엘이고. 이젠 나머지 여섯 용자를 찾아봐야지. 혹시 다른 용자들이 어디 있는지 알고 있어?"

로이스는 군주의 목걸이와 푸른 와이번의 반지가 준 임무에 대해 릴리아나에게 알려 줬다. 그러자 그녀는 놀란 듯 두 눈을 휘둥그레 떴다.

"글쎄요. 다른 용자들의 위치를 제가 알 리 있겠어요? 그보다 벌써 미스토스 군주가 되기 위한 수련을 시작하신 거군요. 전 그것도 모르고 로이스 님이 이곳을 떠나기 섭섭해하실까 봐 많이 걱정했어요."

"섭섭한 건 맞아. 그래도 여긴 카로드 공작이 지켜 줄 테니 안심이야."

로이스는 사실 섭섭하기보다는 아시엘이 걱정되는 부분이 많았다.

이제는 황제보다 훨씬 위엄 있는 전설의 용자로서 인정받고 있지만, 로이스가 보기에 그녀는 여전히 어설픈 소녀 용자였기 때문이다.

'뭐 잘 해내겠지. 언제까지 내가 돌봐 줄 수는 없잖아. 무슨 아이도 아니고.'

어쨌든 로이스는 이미 떠날 결심을 한 터였다.

미스토스 군주가 되려면 어쩔 수 없는 일이니까.

그러자 릴리아나가 비로소 안심한 듯 환하게 미소 지었다.

"실은 로이스 님이 떠나야 할 또 다른 이유가 있어요."

"또 다른 이유?"

"바로 용자 아시엘의 진정한 성장을 위해서예요. 그간 로이스 님이 용병이 되어 그녀의 성장을 일방적으로 도와줬지만, 앞으로는 그녀 스스로 자신의 기사들과 함께 역경을 헤쳐 나가야 해요. 그렇지 않으면 진정으로 강한 용자가 될 수 없거든요."

"틀린 말은 아니네."

그동안 아스피스 성의 미스토스를 쌓는 것은 거의 로이스의 힘으로 이루어졌다. 아시엘과 타르파가 이 방대한 성을 만들 수 있게 된 것도 로이스가 아니었으면 불가능했던 것이다.

"아시엘도 그 사실을 잘 알고 있는지 얼마 전 저를 찾아와 말했어요. 이제 용병 계약을 해지할 때가 온 것 같다고요. 로이스 님이 용병으로 계약되어 있으면 계속 의지하게 되어 스스로 강한 용자가 되지 못한다는 이유예요."

"좋은 생각이야. 아시엘도 이제 독립할 때가 온 거잖아."

로이스는 왠지 뿌듯했다. 한편으로 많이 걱정되긴 하지만 그래도 아시엘이 장차 마왕들도 능히 격퇴할 수 있는 강한 용자가 되었으면 하는 바람이었다.

"그럼 이제 난 아시엘의 용병이 아닌 거야?"

"아직 정식으로 계약을 해지한 건 아니에요. 아마 조만간 그녀가 로이스 님께 직접 말할 거예요. 어쩌면 주저하고 있을 수도 있겠지만."

"그럼 내일 당장 계약을 해지하자고 내가 먼저 말해야겠어. 분명 어떻게 말해야 할지 몰라 망설이고 있을 게 뻔하거든."

아까 아시엘을 만났을 때 그녀는 전혀 그런 내색을 하지 않았다. 맛있는 걸 줄 테니까 오라고만 했을 뿐이다.

'그보다 무슨 맛있는 걸 준다는 거지?'

이 순간에도 먹는 것에 대해 관심을 보이는 로이스였다.

사실 황궁에서 산해진미를 실컷 맛보긴 했다. 질릴 정도로 말이다.

그러나 지금은 왜 좀 더 먹고 오지 않았을까 하는 아쉬움이 밀려왔다. 황궁에서 놀고먹는 것이 적성에 맞지 않았을 뿐 사실 먹는 것 자체는 충분히 만족했다.

'이럴 줄 알았으면 먹을 걸 좀 싸 가지고 올 걸 그랬어.'

이 상황에 아시엘이 맛있는 것을 준다고 하니 당연히 군침이 돌 수밖에 없었다.

꿀꺽.

로이스가 배고픈 듯 군침을 삼키자 릴리아나가 커다란 유리병을 내밀었다.

"자요. 그간 안 마셨으니 많이 드세요."

릴리아나의 유액이었다. 특유의 신비한 꽃향기가 물씬 풍겨왔다.

"고마워. 마침 배가 고팠는데."

로이스는 반색하며 유액을 단숨에 들이켰다.

[전투력이 소폭 상승했습니다.]

[당신의 최대 맷집과 최대 미흐가 소폭 상승했습

니다.]

미스토스 상급 기사가 되어서도 여전히 유액을 마시면 전투력이 상승했다.

"그럼 오늘은 이만 쉬어야지. 참, 이 구슬 또 얻었어. 봉인 잘 풀어 봐."

로이스는 사르곤 제국의 황궁에서 마족을 해치우고 얻은 봉인된 마력의 구슬을 릴리아나에게 건넸다. 그리고는 기분 좋은 미소를 지으며 꽃밭 중심에 있는 거처로 향했다.

* * *

그때 아이리스에게는 뜻밖의 선물이 기다리고 있었다.

오랜만에 릴리아나의 꽃밭에 위치한 그녀의 집으로 돌아온 아이리스는 그녀의 침상 위에서 반짝이는 한 장의 두루마리를 보고 깜짝 놀랐다.

"이 두루마리는 뭐지?"

"두루마리요? 그곳에 두루마리가 있나요? 제 눈에는 안 보여요."

집사인 물의 정령이 고개를 갸웃했다. 그 말에 아이리스는 눈을 반짝였다.

"그럼 이건 내 눈에만 보이는 걸까?"

"아, 맞다. 그러고 보니 릴리아나 님께서 알려 주셨어요. '아이리스 님께 성장의 선물이 생겨나 있을 거라고요.'"

"성장의 선물?"

"로이스 님이 미스토스 상급 기사가 되신 덕분에 그분의 부하들에게 주어지는 선물이라고 했어요. 잘은 모르지만 아마도 그 선물을 통해 아이리스 님은 더 강해질 수 있을 거예요."

"그래?"

아이리스는 호기심을 빛내며 두루마리를 집어 들었다.

그 순간 두루마리가 펼쳐지며 그곳에 글자가 나타났다.

[나는 고대의 전략가인 카르세우스다. 그대에게 나의 병법과 전략이 전해지게 되어 매우 기쁘게 생각한다.]

"이, 이건?"

아이리스는 깜짝 놀랐다. 전략가 카르세우스는 그녀가 황궁 도서관에서 읽었던 고대의 신화와 전설에 나오는 존재였다.

수많은 용자와 마왕들이 싸우는 곳에서 전략가로서 탁월

한 명성을 날린 신비의 인물.

그러나 당연히 그건 뭔가 꾸며 내기 좋아하는 사람들이 만들어 낸 허구라 생각했다.

그런데 지금 두루마리가 자신을 카르세우스라 말하고 있는 것이 아닌가.

그사이 앞의 글자들이 지워지고 새로운 글자들이 나타났다.

[그러나 나는 무작정 그대에게 나의 전략을 가르치지는 않을 것이다. 모든 건 그대가 그대의 로드를 위해 기여한 미스토스만큼 보상으로 주어지게 될 것이다.]

[따라서 그대가 나의 전략을 많이 배우고 싶으면 그대의 로드를 도와 수많은 적을 쓰러뜨려야 할 것이다.]

아이리스는 두루마리의 뜻을 이해했다. 또한 이미 미스토스가 무엇이며, 로이스가 어떻게 미스토스를 얻는지도 알고 있었다.

'어려운 일은 아니네.'

어차피 그녀는 로이스를 도와 마왕의 세력과 싸울 것이다. 그 과정에서 그녀 역시 미스토스에 대한 기여를 하게 될 것은 당연했다.

[나는 오직 그대의 눈에만 보이며 그대가 어디에 있든 나 역시 그대의 곁에 머물 것이다. 미스토스의 은총이 그대와 함께 있는 한 영원히.]

[이제 그대에게 나의 첫 번째 가르침을 베풀겠다. 전략의 기본은 적과 나를 아는 데서 시작한다. 적어도 모사(謨士)라면 아군과 적군의 군세를 한눈에 꿰뚫어 볼 수 있어야 할 터. 그대는 이후로 일정 반경 이내 아군과 적군의 상황을 볼 수 있는 주시자의 눈을 갖게 되리라.]

순간 두루마리로부터 빛이 뿜어져 나오더니 아이리스의 두 눈으로 스며들었다.

화아악!

빛은 무척 강렬했지만 이상하게도 눈이 부시거나 하지는 않았다.

오히려 시원해지는 느낌이었다.

Chapter 5
성장의 선물

[주시자의 눈은 그대의 노력에 따라 계속 반경이 넓어질 것이다. 그대에게 주어진 이 새로운 능력은 마법이나 주술로 막을 수 없으며 해제할 수도 없다. 오직 그대와 같은 특별한 능력의 전략가에 의해서만 간파될 것이다. 그대가 두려워할 적은 오직 그것뿐이니, 적의 전략가보다 뒤지지 않도록 노력해야 하리라.]

그때부터 아이리스는 자신을 중심으로 일정 반경에 있는 이들의 움직임을 공중에서 내려다보는 듯 훤히 볼 수 있었다.

그러나 말 그대로 움직임이지 실체가 아니었다. 그들의 모습을 자세히 보는 것이 아니라 그냥 느낄 수 있다는 뜻이다.

즉, 로디아의 집에 로디아가 있고, 그녀의 집사인 바람의 정령이 움직이고 있다는 것을 느낄 수는 있되, 그렇다 해서 그들을 육안으로 직접 보듯 세세하게 관찰할 수는 없다는 뜻.

하지만 그렇다고 해도 이는 대단한 일일 것이다.

전쟁터에서 아군과 적군의 움직임을 이처럼 확연히 느낄 수 있다면?

그것도 지금처럼 좁은 반경이 아니라 대규모의 전장을 다 꿰뚫어 볼 만큼 넓은 반경이라면?

그럼 아이리스는 마치 체스를 두듯 전황을 훤히 살피며 아군에게 유리한 전략을 세울 수 있게 되리라.

'놀라워. 이런 신비한 능력이 생길 줄이야.'

특히 이 능력을 마법이나 주술로 해제할 수 없다는 것은 전쟁에서 가공할 만한 위력을 발휘하게 될 것이다. 보통 전쟁이 벌어지면 마법사들이 자신들의 진영을 적이 볼 수 없도록 각종 교란 마법을 펼쳐 두기 때문이다.

그러나 아이리스는 그런 것들과 상관없이 적의 상황을 느낄 수 있게 됐다.

그것은 일종의 심안(心眼)이자 초감각이었다.

육안으로 보는 것이 아니라서 어지럽지도 않았다. 마치 숨을 쉬듯 자연스러우면서도 편안하게 느껴졌다.

그런데 이런 신비한 성장의 선물을 받은 이는 아이리스뿐이 아니었다.

로디아 역시 방으로 들어갔다가 침대 위에서 반짝이는 정체불명의 책을 보고 깜짝 놀랐다.

화아아악—

그녀가 더 놀랄 사이도 없이 책이 환한 빛을 뿜어내며 그녀의 주위를 맴돌기 시작했다. 그와 함께 책에서 아름다운 소녀의 음성이 들려왔다.

—저는 고대의 마법서 아르니아예요. 당신의 로드가 가진 특별한 미스토스의 힘에 의해 깨어났죠. 당신에게 신비한 미스토스의 은총이 함께하는 한 저는 영원히 당신의 곁에 있을 거예요.

"마법사 아르니아?"

로디아가 놀라 묻자 책이 환한 광채를 내며 대답했다.

—후훗, 마법사가 아니라 마법서예요. 저는 인간처럼 자아를 가진 마법서랍니다. 오직 당신의 눈에만 보여요.

"아, 그렇구나. 반가워."

—저도 반가워요, 로디아 님.

"내 이름도 알고 있어?"

—물론이죠. 앞으로 전 당신과 영원히 함께할 건데 당신의 이름도 모르면 이상하잖아요.

"대체 넌 누구지?"

—마법서 아르니아라고요. 설마 벌써 제 이름을 잊은 건가요?

"그게 아니라 너의 정체가 뭐냐는 거야."

—후훗, 절 이상하게 보지 말아요. 저는 당신의 성장을 돕기 위해 깨어났으니까요. 당신의 로드인 로이스 님이 가진 특별한 능력이 날 깨운 거죠. 전 고대 마법에 대한 많은 지식을 갖고 있지만, 당신이 기여한 미스토스에 비례해서만 그것을 알려 줄 수 있어요.

"그렇구나. 근데 넌 어떤 마법에 대한 지식을 알고 있는 거지?"

—모든 종류요. 하지만 그중 당신에게 인연이 있는 걸 우선으로 알려 줄 거예요. 오늘은 뭐가 좋을까? 음, 미스토스의 결계에 대한 이해가 좋겠군요. 샤론 대륙에서 미스토스를 이해하지 못하면 반쪽짜리 마법사가 될 테니까요. 오늘은 기초적인 결계를 공부하고 앞으로 차근차근 더 많은 걸 알아보도록 해요.

촤라라락.

그 말과 함께 책이 스스로 책장을 넘기기 시작했다.

눈으로 볼 땐 대략 많아 봐야 수백 장 정도 되어 보였는데, 넘어가는 장의 수가 이미 수천, 아니 수만 장을 지나고 있었다.

그러고도 얼마나 지났을까?

어느 순간 책이 쫙 펼쳐지더니 멈췄다.

—아, 여기 있군요. 오늘은 이걸 읽어 보세요.

로디아가 책을 조심스레 받아 읽어 보니 과연 미스토스 결계에 대한 내용이 적혀 있었다. 처음 보는 문자였지만 마치 오래도록 사용해 온 문자처럼 눈으로 쏙쏙 들어왔다.

"아, 그런 거였구나."

적힌 내용을 모두 읽고 난 뒤, 비로소 아스피스 성을 둘러싼 신비한 방어 결계에 대해 이해를 하게 된 로디아였다.

—잘 이해했나요?

"응. 고마워. 덕분에 잘 배웠어."

—한 번 보고 바로 이해하다니 당신은 무척 머리가 좋군요.

"그냥 기억력이 좋을 뿐이야."

로디아는 빙긋 웃었다. 사실 그녀는 지금껏 어떤 책도 두 번 읽은 적이 없다. 한 번 읽으면 다 기억해 버렸으니까. 물론 간혹 이해가 되지 않은 부분도 있지만, 그런 건 책으로 다시 읽을 필요 없이 머리에 기억된 걸 떠올려 이해하면 되었다.

다행히 오늘 본 부분은 그녀에게 비교적 쉬운 내용이었다.

마법진에 대해서는 마스터급의 경지에 이를 만큼 통달한 그녀였는데, 단지 미스토스라는 미지의 기운을 다루는 방법을 알지 못해 그간 미스토스 결계를 이해하지 못했던 것이다.

따라서 이후로 로드인 로이스에게 미스토스를 위임받으면 그녀 역시 미스토스를 통해 방어 결계를 펼치는 것이 가능해졌다.

다만 미스토스를 다루는 것은 난해한 부분이 많았다. 여러 가지 상위의 미스토스 결계를 펼치려면 더 많은 지식이 필요했다. 그 지식을 얻기 위해서는 로드인 로이스가 미스토스를 쌓도록 도와야 할 것이다.

그래도 오늘 배운 것만 해도 대단한 것이었다.

무엇보다 새로운 지식을 알게 되어 기분이 좋아진 로디아는 마법서 아르니아를 쓰다듬으며 물었다.

"그런데 넌 총 몇 장이나 되는 거야?"

—그건 정해져 있지 않아요. 지금도 새로운 마법의 지식들이 또 늘어나고 있거든요. 따라서 마법에 대해서는 제가 모르는 건 없다고 보면 돼요. 당신의 노력에 따라서 많은

걸 볼 수 있으니 건투를 빌게요.

"좋아. 열심히 노력할게."

가히 무한대라 할 수 있는 엄청난 마법의 지식들이 저 책 하나에 들어 있는 것이었다.

'정말 꿈같아. 내게 이런 신비한 보물이 생기다니!'

그야말로 모든 마법사가 바라는 꿈의 책을 얻게 된 것이다.

이것이 로이스의 부하가 된 덕분에 주어지는 선물이라니!

'로드를 따르게 된 것은 내 인생 최고의 선택이자 행운이야.'

앞으로 새로운 마법 지식을 배울 생각에 로디아의 눈빛은 호기심 많은 소녀처럼 반짝였다.

아이리스와 로디아가 각각 전략가의 두루마리와 고대 마법서를 얻어 기뻐하고 있을 때, 스텔라 역시 그녀의 침대 위에서 이상한 책을 발견했다.

거무튀튀한 표지의 책!

"이건 뭐지? 웬 책이야?"

그러자 집사인 땅의 정령이 머리를 긁적이며 대답했다.

"제 눈에는 안 보입니다만 릴리아나 님이 무슨 성장의 선물이 어쩌고 하셨는데, 혹시 그것 아닐까요?"

"성장의 선물?"

"로이스 님이 강해진 덕분에 부하들에게 주어진 선물이라고 들었죠."

"그래?"

뭐 선물이라니 펼쳐 보면 될 것이다. 스텔라는 책을 들어 살펴봤다.

그 순간 책의 표지에 적혀 있는 글자들이 눈에 선명하게 들어왔다.

[수련의 서]

처음 보는 글자였는데 무슨 뜻인지 이해가 되다니 신기했다.

'수련의 서라고?'

무슨 수련을 한다는 것일까? 궁금해진 스텔라는 책을 펼쳐 봤다. 그러자 갑자기 주변이 어두컴컴해지더니 이상한 공간으로 변했다.

시야는 탁 트여 있지만 그 어느 것도 존재하지 않는 무의 공간.

그곳에 그녀가 홀로 서 있었다.

바닥이 없는데도 마치 바닥에 서 있는 것처럼 흔들리지

는 않았다.

"여긴 어디야?"

책을 펼쳤을 뿐인데 갑자기 이상한 결계로 들어올 줄이야.

그런데 그때였다.

스스스.

전방에 웬 그림자와 같은 환영 하나가 나타나 그녀를 노려보고 있는 것이었다.

놀랍게도 그림자 환영의 외형은 스텔라 그녀와 흡사했다. 아니, 마치 자신의 환영을 보는 것처럼 완벽하게 똑같았다. 양손에 쥐고 있는 단검까지도.

"넌 뭐지?"

"……."

그러나 환영은 아무런 말도 없이 스텔라를 공격했다.

번쩍— 파파팟!

눈 깜짝할 사이에 전신으로 파고드는 수십 개의 검영들. 그것을 본 스텔라는 두 눈을 부릅떴다. 그녀 자신이 결투 중 가장 많이 펼치는 공격을 지금 그림자 환영이 펼치고 있었으니 얼마나 기막히겠는가.

그러나 지금 놀라고 있을 때가 아니었다. 그녀는 즉시 단검을 휘둘러 그 공격을 막았다.

카캉! 카카캉! 휘휘휘휙!

수십여 개의 검영들을 쳐 내고 이어서 날아드는 공격은 뒤로 물러나 피했다.

그러자 그림자 환영이 다시 공격을 해 왔다.

그런데 이번에는 방금 전의 공격과 비슷하면서도 뭔가 달랐다.

번쩍! 번쩍! 파파파팟—

두 자루의 단검으로 펼치는 파도 같은 공격! 그 위력이 아까는 작은 파도에 불과했다면 지금은 거대한 해일과 같은 느낌이었다.

'저럴 수가!'

자신의 공격이 저와 같이 엄청난 위력을 낼 수 있다니.

눈으로 보면서도 믿을 수 없었다.

신기한 것은 그림자 환영은 공격은 빠르면서도 동시에 매우 느릿하게 보인다는 것.

그로 인해 그의 모든 동작을 스텔라는 하나하나 빠짐없이 볼 수 있었다.

자신의 움직임과 무엇이 다른지를 비교하는 것도 가능했다.

'믿을 수 없어. 이건 하늘과 땅 차이야.'

비슷해 보이지만 완전히 달랐다. 눈으로 다 기억했지만 저대로 움직이는 건 지금의 그녀로서는 불가능했다.

물론 미치도록 수련을 하면 가능할 것이다.

스텔라의 두 눈이 강렬히 빛났다.

'저대로만 되면 난 지금보다 몇 배는 더 강해질 거야. 어쩌면 그 이상.'

스스로의 한계에 부딪혀 더 이상 어떻게 수련을 해야 할지 모르고 있던 그녀에게 어둠 속의 빛과 같은 길잡이가 생겨난 것이다.

잠시 후 결계는 사라지고 스텔라는 침실로 돌아와 있었다.

수련의 서라는 책도 어디론가 사라지고 없었다.

그러나 스텔라는 직감적으로 그 책이 자신에게 다시 나타날 것임을 알았다. 물론 그 그림자 환영이 가르쳐 준 것을 다 터득했을 때 말이다.

후다닥.

그녀는 수련장으로 뛰쳐나갔다.

'이럴 때가 아니지. 어서 수련하자.'

새로운 경지로 들어갈 수 있는 길잡이를 발견했는데 어찌 쉴 수 있을까?

곧바로 스텔라는 미친 듯 수련을 하기 시작했다.

"저곳이 루니우스 그대의 집이에요. 그대가 쉴 수 있는 공간이며 수련도 할 수 있는 모든 시설이 갖춰져 있어요.

가능한 그대의 취향을 반영했는데, 혹시라도 더 필요한 게 있으면 언제든 말해요."

한편 이번에 로이스의 부하가 되어 처음으로 릴리아나의 꽃밭에 들어온 루니우스에게 릴리아나는 친절한 미소를 지으며 거처를 안내했다.

"정말 멋지군요. 배려 고마워요, 릴리아나 님."

2층으로 만들어진 예쁜 저택의 앞에는 맑은 연못과 정원이 있었고, 뒤뜰에는 갖가지 채소들을 가꿀 수 있는 텃밭이 있었다.

이는 루니우스가 좋아하는 취향이 반영된 것이 맞았다. 실제 그녀는 직접 텃밭을 가꾸며 채소를 기르고 싶었다. 황태자를 호위하면서부터는 그럴 짬을 내지 못했지만, 이전에 카로드 공작가에 있을 땐 검술 수련을 할 때 이외에는 텃밭에서 시간을 보내곤 했다.

게다가 수련장은 반드시 남들 눈에 띄지 않는 지하 공간에 위치해야 한다.

그런데 놀랍게도 뒤뜰 한쪽 지하로 통하는 계단을 따라 내려가니 그녀만의 거대한 수련장이 만들어져 있었다.

집사인 땅의 정령도 그곳에서 대기했다.

"헤헤! 수련을 위해 움직이는 인형이나 표적들이 필요하신가요? 저는 얼마든지 만들어 드릴 수 있죠. 흙이나 모래로 만들어 모양은 좀 투박하지만요."

치열하게 수련을 하되 보통 땐 그냥 평범한 사람처럼 텃밭을 가꾸며 지내고 싶어 하는 그녀의 바람을 어떻게 릴리아나가 알았는지, 루니우스는 신기하기만 했다.

"그리고 이건 수련의 서라는 것으로 앞으로는 그대의 눈에만 보일 거예요."

"수련의 서?"

"책을 펼치면 결계로 이동해 그림자 스승을 만나게 돼요. 그림자 스승은 그대가 아직 이루지 못한 새로운 경지를 볼 수 있게 도와주지만, 수련은 그대의 몫이죠."

루니우스의 두 눈이 커졌다.

"지금 새로운 경지라 했나요? 그걸 내게 보여 준다고요?"

릴리아나는 미소 지었다.

"궁금하면 내가 나간 후에 수련의 서를 펼쳐 봐요. 설명보다는 직접 경험하는 게 확실하니까."

"네, 그러죠."

루니우스의 두 눈이 빛났다. 그녀가 어찌 그랜드 마스터보다 더 높은 경지가 존재한다는 사실을 모를까?

그러나 그런 것이 있다는 것만 짐작할 뿐 그녀는 아직 그 근처에도 가 본 적이 없었다.

수많은 시도를 해 봤지만 소용없었다. 그녀에게 그 경지는 잡을 수 없는 바람과 같은 것이었다.

절대 도달할 수 없는 불가능의 영역!

결국은 스스로 그 한계를 인정해 사실상 포기하고 있던 부분이었다.

그런데 그 꿈의 경지를 그림자 스승이 알려 준다니!

'정말 가능한 일일까?'

그게 사실이라면 목숨을 걸고서라도 배워야 할 것이다.

"그럼 건투를 빌게요, 루니우스. 난 이만."

"기대에 부응하도록 최선을 다해 수련하겠어요, 릴리아나 님."

릴리아나가 나가자 루니우스는 즉각 수련의 서를 펼쳐 보았다.

스스스.

그러자 흑색의 결계가 그녀의 주위를 둘러쌌다. 그리고 그녀의 앞에는 롱소드를 쥐고 있는 한 그림자 환영이 서 있었다. 그녀와 동일한 모습에 같은 무기까지 사용하는 기괴한 환영이었다.

"당신이 그림자 스승인가요?"

"……."

루니우스는 릴리아나에게 들었던 것을 떠올리고 물었다. 그러나 그림자 환영은 대답 대신 검을 번쩍 앞으로 휘둘렀다.

공간을 베어 내는 절대 초식!

그것은 오직 카로드 가문의 인물 중 그랜드 마스터의 경지에 이른 이들만 펼칠 수 있는 검술이었다.

그것을 그림자가 아무렇지도 않게 펼칠 줄이야.

게다가 곧이어 다시 휘두르는 검의 흐름은 루니우스를 충격에 빠뜨리고 말았다.

번쩍!

똑같은 초식이었다. 궤적조차 완벽하게 동일했다. 그러나 그 위력은 천지 차이였다.

'어떻게 저게 가능한 걸까?'

루니우스가 의문을 가지는 사이 그림자 환영은 사라졌다. 곧바로 그녀는 지하 수련장으로 뛰어갔다.

어렴풋이 보았던 그 새로운 경지를 그녀 자신이 이루려면 피나는 수련 외에는 다른 방법이 없었기 때문이다.

그사이 릴리아나는 라크아쓰의 동굴 앞에 도착했다.

"라크아쓰!"

"예, 릴리아나 님. 부르셨습니까요?"

동굴 안에서 느긋하게 휴식을 취하고 있던 라크아쓰가 후다닥 달려 나왔다.

"수련의 열매는 매일 열심히 먹고 있느냐?"

"케케케! 물론입니다."

"빠뜨리지 말고 꾸준히 먹어. 네게 주어진 이 행운을 절대 놓치지 말아야 한다."

"예, 릴리아나 님. 저도 어서 강해져 로드께 도움이 되고 싶은데 어찌 그것을 빠뜨리겠습니까요."

로이스가 미스토스 상급 기사가 된 덕분에 성장의 선물을 받게 된 건 아이리스들만이 아니었다.

당연히 라크아쓰에게도 특별한 선물이 주어졌다. 그가 비록 약하긴 하지만 그래도 엄연히 로이스의 부하이기 때문이다.

다만, 라크아쓰에게는 성장의 선물이 책이나 두루마리와 같은 형태가 아니라 섭취할 수 있는 음식의 형태로 주어졌다.

이른바 수련의 열매라 불리는 것으로, 매일 새벽이 되면 라크아쓰의 앞에 먹음직스러운 붉은색의 열매 하나가 생겨난다. 그것을 먹으면 라크아쓰에게 마나가 조금이지만 쌓일 뿐 아니라 전체적으로 힘과 민첩성도 올려 주었다.

즉, 그저 열매를 먹는 것만으로도 라크아쓰는 전투력이 상승하는 것이다.

다만, 그 전투력이 유지되기 위해서는 부지런히 수련을 해야 했다.

특이한 것은 그 수련의 방식이 꼭 전투일 필요는 없다는 것!

로이스를 위해 멋진 옷을 만드는 것과 같은 작업을 하는 것도 수련으로 인정되어 열매의 효력이 영구적으로 그에게 적용되는 식이었다. 따라서 라크아쓰는 매일 새벽 수련의 열매를 먹은 후 부지런히 옷과 침낭, 혹은 각종 소품들을 만들며 아침 시간을 보냈다.

그러기를 대략 한 달 이상 지속해 온 지금, 라크아쓰의 전투력은 이전에 비할 수 없이 강해진 터였다.

물론 원래의 전투력이 워낙 약했다 보니 강해졌다 해도 아직 로이스에게는 별 도움이 되기 힘들 것이다.

하지만 이대로 꾸준히 노력한다면 언젠가 그 역시 웬만한 마족 한 명 정도는 상대할 만큼 강해질지도 모를 일이었다.

마찬가지로 마족 란델에게도 성장의 선물이 주어졌다.

검은 색의 마력구!

그것을 통해 란델은 매일 마기를 조금씩 축적했다.

마족이 보유한 마기는 태생적으로 결정된다. 특별한 일이 없는 한 변하지 않는 것이다. 그러나 란델은 이 특별한 행운으로 매일 조금씩 최대 마기가 증가하고 있었다.

굳이 희박한 확률로 얻을 수 있는 성장의 마력석을 사용하지 않고도 언젠가 최상급 마족 혹은 그 이상 강해질 수 있는 길이 열린 것이다.

'모두들 열심히 하고 있네.'

릴리아나는 로이스의 부하들이 잘 하고 있는지 쭉 한번 살펴본 후 흐뭇한 미소를 지었다.

'그럼 나도 로이스 님께 받은 봉인의 마력석을 풀러 가야지.'

상급 수호 요정이 된 덕분에 이전처럼 고생하지 않고도 쉽게 풀 수 있게 됐다. 그래서인지 그녀의 발걸음은 가벼웠다.

*　　*　　*

그때 로이스는 자신의 거처로 들어가다 잠시 멈춰 서서 복도의 그림들을 쳐다보고 있었다.

이곳은 기억의 복도!

로이스의 업적이나 추억과 같은 인상 깊은 일들이 움직이는 그림으로 나타나는 곳이었다.

그사이 꽤나 많은 그림들이 추가되어 있었고, 그림들이 많아진 만큼 복도의 길이도 늘어났다.

그러나 그 모든 새로운 그림들을 더 훑어봤지만 로이스가 원하는 그림은 없었다. 선친인 용자 카디나스나 아직 이름도 모르고 있는 모친의 모습이 그려진 그림 말이다.

'그걸 보기엔 아직도 내 미스토스가 부족한 모양이네.'

아무래도 마왕 정도는 하나 해치워 주어야 그때의 기억이 그림으로 나타나지 않을까 싶었다.

그러던 로이스는 최근 그림들을 힐끗 다시 훑어봤다.

로이스가 루니우스 후작을 맨손으로 후려치는 장면.

프론스 황태자의 멱살을 맨손으로 움켜쥔 채 노려보고 있는 장면.

열일곱 명의 소드 마스터를 맨손으로 한 대씩 쳐 차례로 기절시키는 장면.

황궁의 마족 자레아를 맨손으로 무식하게 공격하는 장면.

……

그러고 보니 다 맨손, 맨손, 맨손…….

"왜 하필 저런 것들만 나와 있는 거냐?"

멋지게 검이나 할버드를 들고 이긴 장면들은 안 보이고 무식한 방법으로 이긴 모습들만 그려져 있으니 어이가 없었다.

"왠지 창피하군."

그러나 다시 생각해 보니 여긴 로이스만의 공간이니 별

로 창피할 것도 없긴 했다. 가끔 릴리아나가 들어와 치사하게 이겼다며 놀리긴 하지만 말이다.

"두고 봐. 앞으론 무기 전술을 최대한 올려서 웬만해선 주먹을 쓰지 않을 테니까."

로이스는 더욱 강해지겠다는 각오를 다졌다.

"로이스 님!"

그때 릴리아나가 나타나 로이스를 불렀다. 로이스는 시큰둥한 표정으로 대꾸했다.

"또 왜 왔어?"

"왜 오긴요. 그냥 구경 왔죠. 가끔씩 로이스 님의 놀라운 활약이 그려져 있는 이곳 기억의 복도를 둘러보는 게 저의 낙이거든요."

"후후, 그런 낙이라면 얼마든지 즐겨. 천천히 봐. 멋진 장면들이 많을 거야."

"근데 모두 치사하게 이기셨네요. 우아하고 멋진 모습은 별로 안 보여요. 아우! 저렇게 무식하게 때리다니!"

치사가 어쩌고 무식이 어쩌고. 릴리아나는 신나서 떠들어 대고 있었다.

"……."

순간 로이스의 얼굴이 짙은 음영으로 물들었다. 그의 두 눈에서 한광이 번뜩였고, 그의 오른손은 허리춤에 있는 마검 다켈의 손잡이를 잡았다.

"지금 나 약 올리러 온 거 맞지?"

"설마 그럴 리가 있겠어요?"

릴리아나는 흠칫하며 고개를 흔들었다. 그리고는 잽싸게 다시 로이스의 그림들을 가리키며 말했다.

"사실 싸움에서 치사한 게 어디 있겠어요? 맨손이면 뭐 어때요? 아무리 그럴듯한 무기를 들고도 패하면 소용없는 일이죠."

"됐어! 조금도 위로가 되지 않거든."

그 말을 처음부터 했으면 모를까 지금 와서는 약 올리는 것처럼 들릴 뿐이었다. 릴리아나 또한 그것을 노리고 있을 것이다.

"전투에서는 무조건 이기는 게 멋진 거라고요. 와아! 이 그림들을 보니 로이스 님이 너무 멋져 보여요. 저 주먹 좀 봐요! 정말 무식…… 아니, 강해 보이는걸요."

역시나 오늘도 와서 로이스를 살짝 놀려 먹으며 즐거워하는 악덕 수호 요정이었다.

스르릉.

로이스는 마검을 확 뽑아 들고는 릴리아나를 노려봤다.

"거기 딱 서 있어."

그러자 릴리아나가 슬금슬금 뒷걸음질 치며 말했다.

"잠깐! 말로 해요, 로이스 님."

"흥! 그럼 말로 할 때 들었어야지. 넌 오늘 제대로 걸렸어."

"헤헤, 이젠 정말 말 잘 들을게요."

릴리아나가 활짝 예쁘게 웃었다. 조금만 안 예뻤으면 혼내 줬을 텐데. 로이스는 한숨을 내쉬었다. 하긴 애초부터 그냥 겁주려고 한 것이지 진짜 휘두를 생각은 없었다.

휘리리릭.

곧바로 마검을 한 바퀴 휙 멋지게 회전시키고는 검집에 꽂았다.

착.

"와! 멋져요!"

릴리아나가 손뼉을 쳤다.

"말해 봐. 그냥 날 놀리러 온 건 아닐 테고 왜 온 거지?"

"아, 맞다. 마력석의 봉인을 풀었어요. 그걸 전해 드리려고 온 건데."

"벌써 그걸 풀었어?"

로이스의 두 눈이 휘둥그레 커졌다. 릴리아나가 어깨를 으쓱했다.

"물론이죠. 그런 건 저와 같은 상급 수호 요정에게는 아주 쉬운 일이에요."

Chapter 6
투혼의 마력석

"대단해! 하하하! 수고했어."

"호호, 수고는요. 그런데 뭐가 나왔을까요?"

로이스의 얼굴에서 험악한 기운이 사라졌다. 어느새 그는 환한 미소를 짓고 있었다.

"혹시 파괴의 마력석이야?"

"투혼의 마력석이에요."

릴리아나는 빙긋 미소를 지었다. 로이스는 실망이 가득한 표정을 지었다. 투혼의 마력석은 지난번에도 나왔던 것들이다. 쓸데가 없어서 릴리아나에게 보관하라고 시켜 두었었는데.

"또 그거야?"

"네, 이로써 모두 세 개군요."

"그걸 어디다 쓰지?"

"어디에 쓰긴요. 지금 당장 드셔야 해요."

"그걸 먹으라고?"

"투혼의 마력석은 먹기만 해도 전투력이 올라가요. 로이스 님의 신체를 강하게 해 주거든요."

"유액이랑 비슷하네."

"유액은 전투력을 아주 천천히 올려 주지만 투혼의 마력석은 한 번에 많이 올려 주죠. 대신 그만큼 얻기 어려운 보물이에요. 세 개나 얻은 건 엄청난 행운이죠."

"흔하게 나오는 것 아니었어?"

"흔하긴요. 운이 좋았던 거지 파괴의 마력석보다 훨씬 희귀하다고 할 수 있어요. 앞으로 또다시 이걸 얻는다는 보장도 없고요. 세상에 먹기만 해도 전투력이 올라가는 것처럼 편한 게 어디 있겠어요?"

"그건 그래."

듣고 보니 엄청난 행운이긴 했다. 로이스는 투혼의 마력석을 다시 살펴봤다.

* 투혼의 마력석

—섭취하여 자신의 신체를 강화함.

—현재 당신의 신체는 투혼의 마력석으로 강화가 가능함.

—강화 시 맨손 전투력이 대폭 상승.

분명 지난번에 봤을 때는 강화가 불가능하다고 나와 있었다. 그러나 미스토스 상급 기사가 되자 그 제한이 풀린 것이다.

먹기만 해도 전투력이 상승하는 놀라운 위력을 지닌 마력석!

'근데 왜 하필이면 또 맨손 전투력이야?'

그래도 강해지는 것은 좋은 일.

쏘옥!

마력석 하나를 입 안에 집어넣자 저절로 스르르 녹기 시작했다.

'엉? 의외로 달잖아?'

매우 맛이 없을 것이라 생각해 마력석을 눈 딱 감고 입 안에 넣었던 로이스는 예상과 달리 달콤한 맛이 느껴지자 놀랐다. 게다가 이빨로 깨무니 부서지기도 했다.

와드득! 와자작! 짭짭!

입 안 가득 단맛이 진동했다. 로이스는 흐뭇한 표정으로 순식간에 마력석 하나를 먹어 치웠다.

[당신의 맨손 격투 전술이 상급 20단계가 되었습니다.]

[당신의 맨티스거의 투지(전설)가 상급 18단계가 되었습니다.]

놀랍게도 맨손 격투 전술과 맨티스거의 투지가 1단계씩 상승했다.

로이스는 잠시 멍해졌다.

'정말 먹기만 했는데도 전투력이 상승했네.'

단순히 글자들만 그렇게 보이는 것이 아니다.

실제로 로이스는 전신에 활력이 넘쳤고 몸이 가벼웠다. 특히 방금 전에 비해 힘도 훨씬 강해졌음을 그 스스로도 느낄 수 있었다. 신체가 강해짐과 동시에 맨손 격투 전술도 상승하자 그것을 몸으로 확연히 체감한 것이었다.

맨손 격투는 좀 많이 치사하긴 해도 최강의 적을 만났을 때 막강한 위력을 발휘할 수 있는 최후의 필살기나 다름없다.

어차피 수단과 방법을 가리지 말고 이겨야 할 때는 쪽팔

리거나 치사하거나 이런 게 중요하지 않다는 것쯤은 로이스는 누구보다 잘 알고 있다.

즉, 맨손으로 충분히 이길 수 있는데 일부러 무기만 써서 져 주는 경우란 그에게 절대 있을 수 없는 것이다.

다만 일단은 무기를 들고 최대한 멋지게 이겨 보겠다고 노력을 할 뿐이다.

따라서 떨떠름한 표정을 짓고 있지만 어쨌든 기분이 좋은 건 맞았다. 그에게 있어서 가장 강한 능력이 올랐으니까.

'기왕이면 검술이나 이런 것들도 좀 상승할 것이지.'

쏙.

계속해서 또 하나의 마력석을 입에 넣었다.

스르르.

이 또한 입 안에서 녹았다. 당연히 달 것이란 생각에 와작 깨물기까지 했는데.

이게 웬걸.

"으윽! 왜 이렇게 쓴 거야?"

단맛은 전혀 없고 엄청나게 썼다. 왠지 먹을 수 없는 걸 먹는 기분이었다.

'뭔가 잘못된 것 같은데? 이거 진짜 투혼의 마력석 맞아?'

로이스가 뱉어 내려 하자 릴리아나가 다급히 그녀의 손으로 로이스의 입을 막았다.

"안 돼요! 쓴맛일수록 효력이 강하거든요."

"으읍! 정말이야?"

"네, 절 믿으세요."

로이스는 어쩔 수 없이 뱉지 않고 삼켰다. 정신이 아득해질 반큼 쓴맛이었다.

[당신의 맨손 격투 전술이 상급 21단계가 되었습니다.]

[당신의 맨손 격투 전술이 상급 22단계가 되었습니다.]

[당신의 맨티스거의 투지(전설)가 상급 19단계가 되었습니다.]

[당신의 맨티스거의 투지(전설)가 상급 20단계가 되었습니다.]

츠으으읏!

로이스의 전신에서 일순 가공스러운 기세가 뿜어져 나오다가 사라졌다. 순간적으로 엄청나게 발출되는 기세를 로이스가 즉시 조절한 것이다.

이는 미스토스 상급 기사가 되며 자연스럽게 터득한 능력으로 그가 의식하지 않아도 몸이 알아서 기세를 조절했다.

'세상에! 2단계나 올랐어!'

로이스는 다시 멍해졌다.

사실 맨손 격투 전술이나 맨티스거의 투지는 이제 단순히 수련을 한다고 올릴 수 있는 것이 아니었다.

한때는 그것들을 올려 보겠다고 수련을 한 적도 있었지만 전혀 오르지 않았으니까.

그런데 그저 구슬 하나 먹었다고 무려 2단계씩이나 오르다니! 과연 릴리아나의 말대로 투혼의 마력석은 쓴맛일수록 효과가 좋은 것이었다.

'이거 진짜 편하잖아. 먹는 것만으로 이렇게 많이 강해지다니 말이야.'

어디 가서 투혼의 마력석만 잔뜩 주워 온다면 세상 편하게 강해질 수 있을 것이다.

마왕들이건 대마왕 불칸이건 못 이길 것이 무엇이겠는가.

그러나 릴리아나의 말대로라면 앞으로 또 이 구슬을 얻는다는 보장이 없었다.

"이번엔 무슨 맛일까?"

로이스는 마지막 투혼의 마력석을 입 안에 털어 넣었다.

쓴맛이 진저리 쳐지긴 하지만 그래도 어차피 강해지자고 먹는 거라면 쓴맛인 게 나을 것이다.

그러나 아쉽게도 달콤한 맛이 느껴졌다.

쩝쩝! 추르릅! 춥춥!

로이스는 최대한 아껴 먹겠다는 생각으로 천천히 녹여 먹었다.

[당신의 맨손 격투 전술이 상급 23단계가 되었습니다.]

[당신의 맨티스거의 투지(전설)가 상급 21단계가 되었습니다.]

역시 1단계만 올랐다.

그래도 이게 어디인가?

그저 투혼의 마력석 세 개를 먹은 것만으로 전투력이 대폭 상승했으니 입가에 절로 미소가 흘렀다.

"후후후!"

로이스는 두 주먹을 불끈 쥐고 말했다.

"고마워. 덕분에 좀 강해진 것 같아."

릴리아나가 환호했다.

"호호, 이건 또 얻기 힘든 행운일 거예요. 와! 그러고 보니 주먹이 더 단단해진 것 같군요. 뭐든 스치기만 해도 부서질 것 같아요. 정말 축하드려요, 로이스 님!"

순간 로이스의 입가에서 미소가 사라졌다. 그는 즉시 주먹 쥔 손을 풀고는 시큰둥한 표정으로 말했다.

"행운인 건 맞지만 굳이 축하할 것까진 없어. 난 치사하게 주먹으로 싸우지는 않거든."

"맞아요. 그건 정말 아니긴 하죠. 상대도 무척 더럽고 치사하다 여길 거예요."

릴리아나가 맞장구를 쳐 주자 로이스는 뭔가 기분이 묘했다.

이 상황에 저 맞장구가 과연 적절한 것인가 싶어서다.

더구나 릴리아나의 시선은 로이스의 뒤쪽에서 움직이고 있는 그림들을 훑고 있었다. 모두 로이스가 맨손으로 신나게 적들을 후려 패고 있는 장면들이었다. 주먹으로 치고, 손바닥으로 때리고, 발로 밟고…….

"뭘 또 보는 거야?"

"호호, 아니에요. 그럼 이만 가 볼게요."

"잠깐, 가기 전에 이 할버드에 있는 파괴의 마력석을 떼서 여기 있는 할버드에 붙여 줘."

로이스는 아공간의 창고에서 파괴의 미늘창과 진격의 미늘창을 꺼내 릴리아나에게 건넸다. 그러자 릴리아나가 두 자루의 무기를 유심히 살피더니 고개를 흔들었다.

"그냥 파괴의 미늘창을 사용하는 게 좋겠어요. 파괴의 마력석을 떼어 낼 수는 있지만, 그걸 진격의 미늘창과 같은 무기에 붙일 수는 없거든요."

"무슨 소리야? 그건 영웅 등급의 무기라고!"

"맞아요. 하지만 샤론 대륙에서 나온 무기가 아니라서 마력석 부착이 불가능해요."

"그런 것도 있어?"

"그뿐이 아니에요. 진격의 미늘창이 비록 영웅 등급의 무기이긴 하지만 차원풍이 불어오면 버텨 내지 못하고 부서져 버릴 걸요."

"차원풍?"

이건 또 처음 듣는 말이었다. 릴리아나가 미소 지었다.

"샤론 대륙과 같은 무한의 대륙은 차원력이 휘돌고 있는 곳이에요. 강력한 차원풍이 불면 모든 게 뒤틀려 버리기도 하죠. 하지만 그런 경우는 거의 일어나지 않아요. 대신 미약한 차원풍이 부는 건 꽤 자주 있는 일이에요."

"아직까지 한 번도 그런 바람은 못 봤는데?"

"최근 몇 개월은 불지 않았지만 그 전엔 몇 번 있었어요. 로이스 님이 느끼지 못했을 뿐이죠."

"그랬군."

"보통 한번 불기 시작하면 몇 개월이고 지속되기도 하는

데, 일상에는 별지장이 없어요. 샤론 대륙의 물건이 아닌 경우 내구도 소모가 빨라져 여차하면 부서져 버린다는 것 외에는 다른 피해를 주지 않거든요. 하지만 샤론 대륙에서 나온 물건들은 차원풍을 맞아도 멀쩡해요."

"샤론 대륙에서 나온 물건이 어떤 건데?"

"주릅 상인에게 사거나 직접 샤론 대륙에서 나온 재료로 제작을 한 물건이요. 혹은 몬스터나 마족 등을 죽이고 얻는 것들도 있죠. 지금 로이스 님이 차고 있는 마검 다켈이나 하페온의 차크람 같은 것들 말이에요. 그 밖에 어떤 식이든 샤론 대륙에서 순수하게 얻은 것들은 차원풍의 영향을 받지 않아요."

"……."

그 말을 들은 로이스는 잠시 허탈해하는 표정을 지었다. 그러다 불쑥 아공간의 창고 두 번째 칸에 있는 장비들 중 일부를 꺼내 보여 줬다.

"이것들은 모두 라테르 황제에게 선물로 받은 장비들이야. 네 말대로면 이것들도 다 부서지겠네?"

"물론이죠. 그래서 여기선 샤론 대륙의 장비가 아니면 귀하게 취급되지 않아요. 주릅 상인들이 그런 건 고물로도 사 가지 않을 걸요."

"그럼 모두 버려야 할까?"

"샤론 대륙이 아닌 곳에서는 유용하니 일단 놔두세요. 아공간에 보관해 두면 따로 신경 쓰지 않아도 되잖아요."

"하지만 쓸 수 없다면 버리는 게 나을 거야."

"샤론 대륙을 여행하다 보면 새로운 국경 지대를 통해 라키아 대륙과 같은 곳들이 무수히 연결되어 있어요."

"라키아 대륙 같은 곳이 또 있다고?"

"물론이에요."

"얼마나 되는데?"

"대략 만 개쯤?"

"뭐? 진짜야?"

만 개라니! 라키아 대륙과 같은 거대한 대륙이 백 개만 된다고 해도 믿기지 않을 텐데 무려 만 개라니!

릴리아나가 웃었다.

"실은 저도 몰라요. 아무튼 아주 많다는 뜻이에요."

"그래도 설마 만 개는 아니겠지."

"궁금하면 하나씩 찾아다녀 보면 되잖아요. 마왕들도 해치울 겸 말이에요."

"그럼 그런 곳마다 그 신비한 보랏빛 구름들이 경계를 이루고 있다는 거야?"

"네. 그런 곳이 보이면 그 건너에 새로운 대륙이 있다는 뜻이에요. 그리고 그런 곳에서는 차원풍이 불지 않으니 보통 장비의 성능도 그대로 유지되죠."

"그럼 놔둬야지."

아공간에 보관하면 차원풍에도 무사하다고 하니 굳이 버릴 필요는 없을 것이다.

그러다 문득 로이스는 물었다.

"혹시 이 군주의 목걸이도 차원풍에 부서질까?"

"그건 아주 특별한 차원력이 깃든 물건이에요. 미스토스의 힘은 물론이고요. 공연히 신화 등급의 장비가 아니죠."

"그렇구나."

하긴 미스토스 군주 레카온이 남겨 준 목걸이니 차원풍 따위에 부서질 리는 없을 것이다.

"그럼 이건?"

로이스는 라테르에게 받은 푸른 와이번의 반지를 릴리아나에게 보여 줬다.

그러자 릴리아나가 두 눈에 이채를 발했다.

"그 또한 특별한 차원력이 깃든 물건이 분명해요. 사르곤 제국의 황궁에서 로이스 님을 위해 고대부터 예비해 둔 운명과 같은 물건이군요."

"운명은 잘 모르겠고. 아무튼 이것도 안 부서진다는 건 확실해?"

"네."

다행이었다. 아공간 창고를 네 칸이나 쓸 수 있는 반지가 부서지면 무척이나 아쉬울 테니까.

하지만 아이리스 등이 가진 장비들은?

그녀들이 가진 아공간의 반지는 물론이고, 각각 입고 있는 옷이나 장비들은 모두 사르곤 제국에서 만든 것들일 것이다.

마력 전차는 한니아 왕국에서 만든 것이고 말이다.

'마력 전차를 타고 다니려고 했는데 곤란하게 됐어.'

아무 생각 없이 돌아다니다 차원풍을 만나 몽땅 다 부서져 버리면 보통 낭패가 아닐 것이다.

"릴리아나, 이 사실을 모두에게 알려 줘. 이곳을 떠나기 전 미리 대비할 수 있게 해."

"알았어요. 그 부분은 저도 미처 생각하지 못했군요."

릴리아나는 곧바로 사라졌다. 아이리스 등에게 차원풍에 대한 얘기를 해 주러 간 것이다.

"그럼 난 이만 쉬어야겠다."

전신에 활력은 넘쳤지만 밤이 늦었으니 잠을 잘 때였다. 욕조에서 정령들의 시중을 받으며 깨끗이 목욕을 한 후 개운한 몸으로 잠을 청했다.

*　*　*

다음날 새벽.

로이스는 마검 다켈의 결계로 들어갔다.

이는 하루 한 번 다켈과 검술을 겨루겠다는 약속을 지키기 위함이었다. 굳이 약속이 아니더라도 아침마다 다켈과 전투를 벌이는 것은 로이스에게도 신이 나는 일이었다.

다켈이 공손히 허리를 숙였다.

"오셨습니까, 로드."

"응. 시작해 볼까?"

"그동안은 가벼운 지도 대련만 했지만 이제 릴리아나 님의 꽃밭으로 돌아왔으니 전력을 다하겠습니다."

"나도 바라던 바야."

로이스는 검을 앞으로 겨누며 고개를 끄덕였다.

긴 인사는 필요 없다.

서로 검으로 대화를 하면 그뿐이다.

스윽.

한 자루의 검과 같은 기세를 풍기는 다켈은 요즘 들어 매번 볼 때마다 조금씩 강해지고 있는 느낌이었다.

사실 다켈은 그랜드 마스터 루니우스에게 참패를 당한 후 큰 충격을 받았고, 그로 인해 스스로의 경지를 높이려 최선을 다하고 있었다.

그전에도 끝없이 자신의 경지를 추격해 오는 로이스에게

위기감을 느끼며 수련을 하긴 했지만, 루니우스에게 일방적으로 패배한 것은 그를 대오 각성하게 만드는 계기가 되었다. 그러나 그가 아무리 기를 쓴다 해도 넘을 수 없는 벽이라는 것은 존재했다.

그건 아무리 오랜 세월이 지난다 해도 마찬가지일 것이다.

아주 특별한 행운이나 계기가 주어지지 않으면 말이다.

그런데 놀랍게도 그 행운이 그에게 찾아왔다.

그것은 로이스가 미스토스 상급 기사가 된 이후였다.

로이스 이외에는 찾아오지 않는 이 어둠의 공간에 홀연히 그를 찾아온 존재가 있었으니. 그는 그림자 형상을 하고 있었다. 다켈 자신과 완벽하게 닮은 형태의 그림자.

다켈은 즉시 그와 결투를 벌였는데, 그로부터 엄청난 가르침을 받았다. 바로 그때부터 다켈의 실력은 다시 일취월장으로 늘어나고 있었다.

"로드, 부탁이 있습니다."

"말해 봐."

"언제고 제가 부탁하면 그 여자와 다시 한번 싸우게 해주십시오."

"루니우스 말이야?"

"네, 꼭 그때의 설욕을 하고 싶습니다."

"원하면 언제든 말해. 그보다 지금 너의 상대는 나라고!"

"알고 있습니다. 어서 덤비십시오. 간단하게 끝내 드리지요."

로이스는 울컥했다. 다켈은 로이스를 안중에도 두지 않고 있는 것이었다. 검술은 당연히 자신의 상대가 안 된다는 듯 말이다.

창! 차차창! 카캉! 서걱! 툭…….

그리고 그의 말은 맞았다. 로이스는 기를 쓰고 싸웠지만 역시 검술로는 아직 다켈을 당해 낼 수 없음을 처절히 깨달아야 했다. 잘린 목이 떨어져 바닥을 구르고 있었다.

"내일 뵙겠습니다, 로드. 살펴 가십시오."

다켈이 꾸벅 허리를 숙였다. 로이스는 다시 울컥했다.

목 잘린 상태로 살펴 가긴 어딜 살펴 간다는 말이냐.

'젠장! 두고 보자!'

머지않아 반드시 검술로 다켈을 이기고 말 것이다.

스스스.

그사이 결계가 사라지고 로이스의 앞에는 릴리아나가 서 있었다. 그녀는 멀리 굴러가 있는 로이스의 머리를 들고 와 몸에 붙이고는 빙긋 웃었다.

"좋은 아침이에요."

"별로 좋은 아침은 아니야. 이걸 보고도 웃음이 나와?"

"오랜만에 보니 새롭군요."

새롭긴 또 뭐가 새롭다는 말인가.

그사이 벌떡 일어난 로이스는 잠시 목 부위를 만지며 제대로 붙었는지 확인을 했다.

'잘 붙었군.'

목이 정상인 걸 확인한 로이스는 릴리아나가 건넨 유액을 마시며 이내 뿌듯한 미소를 지었다. 비록 처참하게 패하긴 했지만 그래도 검술 실력이 조금씩 늘고 있는 것은 사실이었으니까.

'확실히 검술은 재미있구나.'

맨손 격투는 이런 식의 성취감이 없으니 별로 재미가 없었다.

곧바로 밖으로 나가는 로이스를 향해 릴리아나가 물었다.

"어디 가세요?"

"아시엘 만나러. 맛있는 걸 준다고 했거든. 낚시는 갔다 와서 할 거야."

"그래요? 그럼 맛있게 드시고 오세요."

"응. 이따 봐~"

로이스는 콧노래를 부르며 꽃밭을 나섰다.

이 꽃밭은 특수한 미스토스 결계의 형태로 되어 있어 그냥 보면 어디가 밖인지 모른다.

말 그대로 사방에 꽃의 바다가 펼쳐져 있기 때문이다.

즉, 그냥 바깥쪽이라 생각되는 곳으로 걸어 나간다고 해서 나가지는 것이 아니었다. 모든 것은 미스토스 결계를 통제하는 릴리아나의 주관하에 있었다.

만약 릴리아나가 모른 체하면 아무리 걸어 나가도 계속 꽃밭만 펼쳐져 있을 것이다. 반대로 밖에서 들어오고 싶어도 알 수 없는 벽에 가로막혀 들어올 수 없다.

물론 로이스는 예외이긴 했다.

스스로의 의지로 언제든 나가거나 들어올 수 있으니까.

스스스.

지금도 로이스가 나가겠다 생각하며 몇 걸음 걷자 꽃밭이 사라지며 숲이 나타났다.

"우헤헷!"

"호호호!"

아스피스 성에서 가장 안전한 장소 중 하나인 이꼬트들의 마을이 이 숲 북쪽에 있다 보니 곳곳에 귀여운 이꼬트들이 뛰어노는 모습이 보였다. 일부는 약초나 열매 등을 채취하기도 했다.

"와아! 로이스 님이다!"

"안녕하세요, 로이스 님?"

"응, 다들 반가워."

로이스는 이꼬트들의 머리를 쓰다듬어 주었다. 처음에는

긴 토끼의 귀를 가진 이꼬트들이 신기했지만 이제는 많이 봐서인지 익숙했다. 그저 귀여울 뿐이었다.

"나오셨군요, 로이스 님."

그런데 이꼬트들 사이에서 뭔가를 열심히 뜯고 있는 소녀가 있었으니. 다름 아닌 아시엘이었다.

"뭐하고 있어?"

"야채를 좀 뜯고 있어요."

"그건 뭐하게?"

"요리 재료로 쓰려고요. 로이스 님께 맛있는 걸 해 드린다고 했잖아요."

"직접 요리를 하려고? 요리도 할 줄 알아?"

"잘은 못해요. 그래도 하나는 확실히 잘하는 게 있어요."

"그게 뭔데?"

"거뜨볶음이에요."

"거뜨볶음?"

"네. 루파인 왕국에서 아주 인기 있는 요리예요."

처음 듣는 요리 이름이었다. 로이스는 고개를 갸웃했지만 이내 기대 가득한 표정을 지었다.

"좋아. 뭔지 모르지만 인기 있는 요리라고 하니 맛있을 것 같군. 어서 그걸 만들어 봐."

"이쪽으로 오세요."

아시엘은 숲의 작은 공터에 이미 요리를 위한 도구를 가져다 놓은 터였다.

"하하하, 어서 오십시오, 로이스 님. 그렇지 않아도 기다리고 있었습니다."

오목한 모양의 큰 철판 아래서 열심히 불을 피우고 있는 검은 뿔테 안경의 청년. 그는 집사 타르파였다.

"호호호! 로이스 님! 어서 오세요."

그리고 그 옆에서 말랑말랑해 보이는 가늘고 긴 반죽 같은 것을 일정한 크기로 썰고 있는 여인은 경비대장 스위니였다.

로이스는 손을 흔들었다.

"그런데 다들 아침부터 무슨 일들이야?"

"무슨 일은요. 로이스 님께 요리를 해 드리려고 준비 중이죠."

"그래?"

로이스의 두 눈이 휘둥그레 커졌다. 아시엘뿐만 아니라 타르파와 스위니도 함께 요리를 준비한다고 하니 매우 기대가 되었던 것이다.

"아시엘 님, 야채는요?"

"여기 잔뜩 뜯어 왔어요."

"이리 주세요. 제가 씻을게요."

"아니에요. 야채는 내가 씻을 테니 스위니 경은 거뜨를 썰어요. 일정한 크기로 썰어야 해요."

"네. 염려 마세요."

저 가늘고 긴 반죽처럼 생긴 것이 바로 거뜨인 모양이었다.

아시엘과 타르파, 스위니가 땀을 뻘뻘 흘리며 열심히 만들고 있는 요리인 거뜨볶음의 주재료 말이다.

슥슥.

잠시 후 아시엘은 잘게 썰어진 야채와 일정한 크기의 거뜨들을 철판 위로 올렸고 그 위에 물과 양념 재료를 섞었다.

확실히 아시엘이 주도적으로 요리를 하고 있었다. 타르파와 스위니는 그녀를 보조하고 있을 뿐이었다.

'소스가 붉은 색이네?'

냄새를 맡아 보니 요리는 상당히 매콤한 듯했다. 로이스는 매운 걸 별로 좋아하는 편은 아니지만 왠지 저 요리는 맛있어 보였다.

"뭐 내가 도와줄 건 없어?"

혼자서 멀뚱하게 서 있자니 왠지 미안해서 물었다.

그러자 아시엘이 미소 지었다.

"다 완성됐어요. 그냥 탁자 앞에 앉아 계세요."

"좋아."

잠시 후 탁자 위에 요리가 놓여졌다.

붉은 소스가 범벅이 된 거뜨들이 야채와 함께 맛있게 익어 있었다.

"와! 이게 거뜨볶음이라는 요리야?"

"네. 거뜨 열매를 빻아서 만든 반죽과 야채, 어묵 등을 함께 볶아서 만든 요리에요. 약간은 매콤한 맛이 일품이죠."

"어디 먹어 볼까?"

로이스는 포크로 거뜨를 찍어 입에 넣었다.

"윽! 매워!"

"너무 매우면 이걸 드세요."

"이 물은 뭐야?"

"시원한 이슬차예요. 이꼬트들이 만든 차로 매운기를 가시게 해 줘요."

"고마워."

벌컥! 벌컥!

과연 이슬차를 마시자 매운기가 사라졌다. 그러나 금방 또 로이스는 거뜨 열매를 찍어 입에 넣고 있었다.

냠냠! 쩝쩝!

그러다 너무 매우면 이슬차를 마시고!

눈물이 쏙 나올 만큼 맵지만 쫄깃한 거뜨의 맛이 기막혔다. 로이스는 만면에 미소를 지었다.

"이렇게 맛있는 요리는 처음이야. 황궁에서도 이런 요리는 없었거든. 너 요리 정말 잘하는구나."

아시엘이 미소 지었다.

"과찬이세요. 제가 직접 할 줄 아는 요리가 이것뿐이라서."

"이런 건 매일 먹어도 질리지 않을 거야. 나중에 또 해 줄 거지?"

"물론이에요. 언제든 먹고 싶으면 오세요."

"알았어."

로이스는 신나게 거뜨볶음을 먹었다. 아시엘과 타르파, 스위니도 탁자에 함께 앉아서 요리를 즐겼다.

뭔가 거창하게 많은 황궁의 산해진미와는 비교할 수 없었지만, 땀까지 흘려가며 직접 요리를 한 아시엘 등의 정성 때문인지 왠지 더 맛있었다.

한편으로 가슴이 뭉클하기도 했다. 아시엘 등이 무엇 때문에 이러는지 로이스는 짐작이 되었기 때문이다.

그래도 일단은 모른 체 음식을 먹는 데 집중했다. 잠시 후 배가 부르자 로이스는 불쑥 아시엘을 쳐다봤다.

"너 내게 할 말 있지?"

"네? 그게 무슨 말씀이세요?"

"내게 할 말이 있으니까 오늘 이런 맛있는 요리도 해 준 거잖아. 난 괜찮으니 할 말 있으면 어서 해."

"……."

그러자 아시엘이 놀란 표정으로 로이스를 쳐다봤다.

Chapter 7
마력 전함의 재료

"어서 말해 봐. 내게 할 말이 뭐지?"

"실은 진심으로 고맙다는 말을 하고 싶었어요. 그간 부족한 저를 도와주셔서 용자로서 살아갈 수 있게 해 주신 것 절대 잊지 않을 거예요. 하지만……."

아시엘은 잠시 망설였다가 로이스의 눈을 쳐다보더니 이내 결연한 표정으로 말을 이었다.

"이제는 로이스 님의 도움 없이도 아스피스 성을 지켜 보려고 해요. 로이스 님은 이곳을 벗어나 더 넓은 곳으로 가셔야 하는데 제가 발목을 잡고 있는 것이 아닐까 걱정도 되고, 무엇보다 로이스 님에게 계속 의존만 하게 되는 저의 모습이 부끄럽기도 해요."

로이스는 빙긋 웃었다.

"부끄럽긴. 넌 이미 훌륭한 용자야. 이번 전쟁만 해도 넌 내게 의존만 한 것이 아니라 여기 있는 타르파, 스위니 등과 함께 힘을 합쳐 성을 지켜 냈어. 난 그저 용병으로 널 조금 도와줬을 뿐이지 절대로 나 혼자 한 게 아니거든. 라테르 황자와 카로드 공작이 널 따르게 된 것도 그만큼 네가 믿음을 줬기에 가능한 거야."

아시엘 등의 표정이 감동으로 물들었다. 단순한 성격의 로이스가 이 같은 말을 해 줄지는 몰랐던 것이다.

"로이스 님은 정말 좋은 분이세요. 처음부터 절 얼마나 걱정해 줬는지 잘 알고 있어요. 별다른 대가를 바라지도 않고 용병이 되어 준 것도 모두 그 때문이셨죠. 로이스 님이 아니었다면 지금의 아스피스 성은 절대 없었을 거예요. 마찬가지로 지금의 저 또한 없었겠죠. 정말 고마워요."

로이스는 고개를 흔들었다.

"나도 공짜로 도와준 게 아니거든. 덕분에 미스토스 보상을 많이 받을 수 있었어."

아시엘이 미소 지었다.

"그렇군요. 그럼 고맙다는 말은 그만할까요?"

"응. 넌 이미 충분히 내게 그 말을 했으니까."

"그럼 멋지다는 말을 할게요. 로이스 님은 정말 멋졌어요. 그 무서운 마족들도 로이스 님이 주먹 몇 번 휘두르면 맥없이 쓰러졌잖아요."

"……."

순간 로이스의 얼굴에 짙은 음영이 생겨났다. 뭔가 심상치 않은 느낌을 받은 아시엘은 비로소 흠칫하며 손으로 자신의 입을 막았다.

'아, 맞다. 그 말은 하면 안 되는데.'

'아시엘 님! 안 돼요! 주먹이라뇨!'

'큰일 납니다, 아시엘 님!'

스위니와 타르파도 깜짝 놀라며 아시엘을 향해 고개를 흔들었다.

그들도 이미 눈치껏 알고 있었다. 로이스가 맨손이 어쩌고 주먹이 어쩌고 하는 말을 그다지 좋아하지 않는다는 것을 말이다. 아니 좋아하지 않는 정도가 아니라 그야말로 광분할 정도로 싫어한다는 사실을!

아시엘은 재빨리 화제를 돌렸다.

"근데 그 허리의 검 아주 멋지군요."

"이거? 후후, 그야 당연하지. 마검이거든."

로이스는 마검 다켈의 손잡이를 툭툭 치며 흐뭇한 표정을 지었다. 금세 표정이 밝아지는 단순한 로이스였다. 그러자 아시엘은 안도의 한숨을 내쉬었다.

'휴, 살았다.'

타르파와 스위니도 십년감수했다는 표정이었다. 그사이 아시엘은 다시 진지한 표정으로 변했다.

"로이스 님! 당신은 정말 고맙고 멋진 분이세요. 영원히 잊지 못할 거예요."

"잠깐! 왜 꼭 다시 날 못 볼 것처럼 얘기하는 거야?"

"이제 떠나실 거잖아요. 이 넓고 무한한 대륙에서 언제 다시 이곳에 돌아오실지 모르니까요."

"……!"

"솔직한 심정으로는 로이스 님이 앞으로도 계속 성에 머물러 주었으면 좋겠어요. 하지만 혹시라도 저 때문에, 아니 제가 너무 미덥지 못해서 못 가시는 거라면 이제는 괜찮아요. 전 로이스 님이 없어도 잘해 낼 자신이 있거든요. 훌륭한 용자가 될게요. 마왕이 저를 보고 두려워 떨 만큼 강한 용자가 되겠어요. 그러니 더 이상 절 걱정하지 말아요."

아시엘의 눈에 눈물이 맺혀 있었다. 스위니도 마찬가지였다.

"로이스 님, 저도 강한 기사가 될 거예요. 앞으로 카로드 경을 스승으로 모시고 검술 수련을 하기로 했거든요. 아시엘 님은 제가 지킬게요. 그러니 로이스 님은 마음 편히 마왕들을 상대하러 가세요."

"하하하, 로이스 님! 제가 드디어 집사가 아닌 총사로 각성했습니다. 모든 게 로이스 님 덕분입니다. 로이스 님이 떠나신다는 생각을 하자 그 위기감에 이 멍청하고 둔한 녀석도 정신을 차린 것이죠. 정말 고마웠습니다. 아스피스 성은 염려하지 마십시오."

타르파는 안경을 벗더니 수건으로 안경에 묻은 물기를 닦았다. 그 역시 눈물을 흘리고 있었다.

다른 걸 떠나 그사이 얼마나 서로 정이 들었던가.

다 쓰러져 가는 초가집에서 만나 서로를 의지하며 지금껏 성장해 왔으니 말이다.

이제 가면 언제 오나? 이 넓은 무한의 대륙에서.

로이스와 어쩌면 영원히 이별을 할지도 모른다는 생각을 하니 모두들 슬퍼하고 있는 것이었다.

로이스도 왠지 눈시울이 시큰해졌지만 이내 씩 웃었다.

"맞아. 난 떠날 거야. 그렇지 않아도 오늘 내가 그 말을 하려고 했는데 먼저 얘기해서 다행이네."

"역시 그렇군요."

아시엘이 그럴 줄 알았다는 듯 고개를 끄덕였다. 그러나 이미 마음속으로 대비를 단단히 했는지 더 이상 눈물을 흘리지는 않았다.

"내일 바로 떠나실 건가요?"

"그건 아직 몰라. 원래는 바로 가려고 했는데 차원풍 문제로 며칠 시간이 걸릴 수도 있거든."

"차원풍이요? 그게 뭐죠?"

아시엘이 고개를 갸웃하자 돌연 옆에 있던 타르파가 눈을 빛내며 말했다.

"흠, 차원풍이라는 것을 이해하려면 우선 샤론 대륙을 비롯한 무한의 대륙들을 이루는 근간인 차원력이 무엇인지부터 이해를 해야 합니다. 우리가 상상할 수 없는 그 어떤 시간대에 강력한 차원력의 힘으로 수많은 세계들이 합쳐지고 뒤틀리며 이상한 세계로 만들어졌습니다. 그 모든 걸 둘러싼 세계를 에후드 아마나라고 하며, 샤론 대륙은 그에 속한 수많은 무한 세계 중 하나입니다. 예로부터 각종 용자소설에 등장했던 차원의 바다, 환야, 카니안, 환몽계, 뭐 이런 것들도 다 샤론 대륙과 같은 무한 세계입니다. 그런 무한 세계가 무수히 많이 있으니 에후드 아마나가 얼마나 큰 개념인지 쉽게 상상이 안 되실 겁니다. 참고로 에후드 아마나에 속한 그 어떤 것이라도 차원력에 대항할 수는 없습니다. 단, 미흐와 미스토스를 비롯한 몇몇 특이한 기운들은 차원력으로도 어찌할 수 없는 신비한 영역에 속해 있습니다. 물론 그중 미스토스야말로……."

"잠깐!"

로이스가 인상을 쓰며 손을 흔들었다. 그는 타르파를 잡아먹을 듯 노려봤다.

"으! 머리가 터질 지경이야. 그런 복잡한 설명은 나중에 아시엘과 둘이 있을 때에 해. 난 전혀 관심 없거든."

"하핫, 알겠습니다."

타르파가 총사가 되더니 엄청 똑똑해진 것은 분명한 듯하다. 예전 같으면 이런 상황에서 그저 머리만 긁고 있었을 테니까.

그러나 로이스는 잡다하고 복잡한 내용 따위에 관심이 없었다. 곧바로 그는 아시엘을 향해 말했다.

"차원풍은 그냥 이상한 바람이야. 그거 맞으면 물건이나 장비가 부서져. 샤론 대륙에서 얻은 장비는 무사하지만 라키아 대륙에서 만든 것들은 다 없어진다는 뜻이지. 알아들어?"

"아, 차원풍이 그런 거군요."

아시엘은 미소 지었다. 나중에 타르파로부터 보다 자세한 설명을 들어 보고 싶긴 하지만, 지금은 로이스의 간결한 말이 훨씬 이해가 잘되었다.

로이스는 그사이 다시 배가 고파졌는지 아시엘의 접시에 잔뜩 남아 있는 거뜨 하나를 포크로 찍어 먹으며 물었다.

"그보다 그 타락한 용자의 부하 녀석은 어떻게 됐어? 그 놈들의 근거지는 알아낸 거야?"

"네."

아시엘은 고개를 끄덕이며 자신의 접시를 로이스 앞으로 밀었다.

"다 드세요. 전 더 이상 생각이 없어서."

"고마워."

로이스는 사양하지 않았다. 아시엘이 미소 지었다.

"다크 엘프 하르켄은 타락한 용자 제라칸의 기사예요. 오래전 제라칸이 다크 엘프 마을을 위기에서 구해 준 이후 그에게 충성을 맹세했다고 했죠."

"그가 제라칸에 대한 충성심이 강하다면 아무것도 알아내지 못했겠군?"

"처음엔 아무 말도 하지 않았지만 타르파가 미스토스 채찍으로 고문하자 결국 버티지 못하고 자신의 근거지가 어딘지 알려 줬어요."

"그래? 거기가 어디야?"

"북쪽이에요. 생각보다 꽤 먼 곳에 있어요. 육로로는 마차로 육 개월은 걸린대요. 하지만 호수를 타고 배로 이동하면 한 달 정도면 되나 봐요."

"잘됐군. 그 위치를 지도로 그려 줘."

"네."

로이스는 아스피스 성을 떠나 기왕이면 그쪽에 들러서 박살을 낼 생각이었다. 그것은 아시엘을 위한 그의 마지막 배려이기도 했다.

'그놈을 없애지 않으면 앞으로 사사건건 아시엘을 괴롭히겠지.'

심지어 사르곤 제국의 편에 붙어서 아스피스 성의 미스토스 결계를 없애기까지 했던 그의 비열한 행각을 로이스도 지켜본 바 있었다.

절대 가만 놔둬서는 안 될 악의 종자인 것이다.

그런데 그때 아시엘이 매우 충격적인 말을 했다.

"다만 그 근거지에 제라칸은 없다고 했어요. 그곳은 제라칸이 가진 수많은 거점 중 하나일 뿐이래요."

"수많은 거점 중 하나? 대체 그놈의 거점이 몇 개인데?"

"그건 하르켄도 자세히는 모르지만 추측하길 최소한 수십 개는 될 거라고 했어요."

"수십 개! 엄청나네."

거점만 수십 개가 넘는다니. 대체 제라칸이란 용자의 정체는 무엇일까?

'다 없애려면 꽤나 힘들겠군.'

어쨌든 그런 건 나중 일이고 일단 알아낸 거점은 반드시 박살 내야 하리라.

한편 그때 아이리스 등은 어젯밤 릴리아나에게 차원풍에 대한 얘기를 들은 터라 그에 대한 대책을 세우는 중이었다.

그녀들의 마법 도구는 차원풍에 노출되면 그대로 부서져 버릴 것이기 때문이다. 그때는 그 마법 도구와 연결된 아공간의 창고는 열 수 없게 된다. 아공간 창고는 영원히 차원을 부유하며 떠돌게 될 것이다.

그야말로 모두에게 재앙과 같은 소식이었다.

다행히 릴리아나가 그녀들에게 해결책을 알려 주었다.

"가능하면 그대들의 물건은 이곳에 있는 그대들의 집 창고에 보관하도록 해요. 여긴 차원풍으로부터 안전한 공간이에요. 그리고 꼭 가져가야 할 물건이 있다면 이 가방들에 담아요. 주릅들에게 산 가방으로, 공간이 넉넉하지는 않겠지만 아공간 창고가 연결되어 있어요."

모두 귀엽게 생긴 배낭 형태의 마법 가방으로 희귀 등급이었다.

그래도 하나당 무려 300베카나 하는 고가의 물건인 터라 릴리아나로서는 꽤나 큰마음을 먹고 사 준 것이다. 로이스가 얼마 전 벌어 온 많은 돈이 있어 가능한 일이긴 했다.

"아, 고마워요, 릴리아나 님."

"정말 잘 쓸게요."

그녀들은 모두 반색했다. 릴리아나가 미소 지었다.

"그리고 혹시 부족하면 로이스 님께 부탁해 보관하세요. 로이스 님의 아공간 창고는 여유가 충분하다고 했어요."

"네, 릴리아나 님."

아이리스 등은 즉각 자신의 아공간 창고를 정리했다.

샤론 대륙에서는 굳이 필요하지 않은 금괴나 보석들과 같은 것들은 과감히 자신들의 집 창고에 보관했다. 마법서나 마법 도구 등도 마찬가지였다.

꼭 필요하다 생각되는 필수 생활용품들. 특히 그녀들은 여자들이다 보니 로이스의 아공간에 맡기기 민망한 물품들도 많았다. 그런 것들은 필히 자신들의 아공간에 보관해야 했다.

이를 테면 속옷과 같은 것들 말이다.

아이리스 등은 모두 영구 클리닝 마법이 펼쳐져 있는 속옷을 입고 있었다.

세탁을 하지 않아도, 대략 반나절 정도가 지나면 알아서 자동으로 깨끗해지는 터라 따로 세탁을 하거나 갈아입을 필요도 없었다.

이는 여자들이 아니라 남자들도 애용하는 방식이었다. 부유한 자들은 겉옷도 그와 같은 마법이 펼쳐져 있는 걸 입기도 했다. 특히 여행 시에 매우 유용하기 때문이다.

물론 그만큼 가격이 비싸 가난한 사람들은 꿈도 꾸지 못한다.

그러나 아이리스의 경우는 황녀 출신이다 보니 그런 것에 구애받지 않았다. 그녀의 아공간에 있는 마법 속옷만 무려 수백 벌도 넘었으니까.

하지만 그것들을 모두 가져갈 수는 없었다. 릴리아나가 건네준 가방의 아공간은 그렇게 크지 않기 때문이다.

그래서 종류별로 10여 벌씩으로 줄여야 했다. 이는 차원풍이 불어 현재 입고 있는 속옷의 기능이 사라질 때를 대비한 것이었다.

속옷을 예로 들었을 뿐이지 그와 같은 것이 한두 가지가 아니었으니.

로디아 역시 대부분의 물건을 집 창고에 보관했다. 금괴나 보석은 물론이고 최상급 마법서들이나 마법 도구, 각종 로브나 지팡이들도 대부분 집 창고에 남겨 뒀다.

스텔라나 루니우스 역시 생필품이나 전투 시 꼭 필요한 것들을 제외하면 모두 집 창고에 보관했다.

그러나 라크아쓰와 란델은 애초부터 샤론 대륙에 있던 이들이니 그런 고민을 하지 않았다.

한편 아이리스 등의 창고 정리가 끝나자 릴리아나는 그

녀들을 불러 각각 옷과 장비를 한 세트씩 사 주었다. 가능한 희귀 등급의 장비를 사 준 터라 보기도 좋았고 기능도 쓸 만했다.

"와! 정말 고마워요."

"열심히 하겠습니다."

"배려 잊지 않겠어요."

좀처럼 표정을 드러내지 않는 루니우스도 얼굴에 희색이 만면했다.

주릅 상인에게 구매한 장비들은 차원풍에 의해 부서지지 않으니 그녀들에게는 최후의 보루와 같은 것이다.

그 장면을 지켜보고 있던 로이스가 불쑥 말했다.

"나는 뭐 안 사 줘, 릴리아나?"

"필요한 거 있으세요?"

"응, 전설 등급의 할버드 하나 사 줘."

로이스는 눈을 초롱초롱 빛냈다. 아공간 창고에 무기들은 많지만 모두 영웅 등급까지일 뿐이다. 게다가 그것들은 파괴의 마력석을 부착하지도 못한다.

따라서 주릅 상인이 파는 전설 등급의 할버드를 구해 거기다 파괴의 마력석을 부착할 생각이었던 것이다.

그러자 릴리아나가 어이없어하는 표정을 지었다.

"전설 등급 장비라고요? 그런 건 주릅 상인들에게 살 수 없어요. 그들이 파는 건 희귀 등급까지라고요."

"뭐야? 하다못해 영웅 등급도 없어?"

"간혹 운이 좋으면 나오긴 하지만 무척 비싸요. 적어도 몇천 베카는 할 거예요."

"그럼 어쩔 수 없시. 그냥 이걸 쓸게."

사실 로이스는 굳이 전설 등급의 할버드가 필요 없었다.

게다가 이미 전설 등급의 무기가 두 개나 있다.

마검 다켈과 하페온의 차크람!

그것들만 해도 충분한데 그래도 혹시나 싶어 한번 말해본 것이었다.

할버드도 기왕이면 전설 등급을 쓰고 싶어서 말이다.

'하긴 급할 것 없잖아. 마족들을 해치우다 보면 또 얻을지 몰라.'

언젠가 모든 종류의 장비를 다 전설 등급이나 혹은 신화 등급으로 갖춰서 아공간에 넣어 두는 것이 로이스의 소박한(?) 바람이었다.

그리고 그때그때 쓰고 싶은 장비를 꺼내 쓰면 신이 날 것이다.

"참, 마력 전차는 어떻게 할 거야? 그거 끌고 가면 좋을 텐데."

그러자 로디아가 대답했다.

"그렇지 않아도 그걸 고민 중이었어요. 사실 차원풍이 아니어도 지금 있는 마력 전차가 여러모로 불편한 점이 많아서 개조를 할까 생각했거든요. 차라리 잘됐어요. 이참에 아예 새로 만들어 볼게요."

"새로 만들어?"

"이미 설계도는 그려 놨어요. 육지뿐 아니라 물 위로도 다닐 수 있게요. 각종 험한 지형에서도 안전하게 이동할 수 있는 전천후 마력 전함이에요. 물론 마력 전차가 갖고 있던 자체 방어 기능이나 편의 기능도 보완해서 더 강력해질 거예요."

"정말 그런 걸 만들 수 있어?"

"재료만 구할 수 있으면 충분해요. 정령들이 도와주면 시간도 얼마 안 걸릴 거고요."

"그럼 만들어 봐. 나도 최대한 도울게."

"근데 꽤 돈이 많이 들지도 몰라요."

로디아는 그 말과 함께 힐끔 릴리아나의 눈치를 봤다. 그 재료는 모두 릴리아나가 주릅 상인에게 사 줘야 하기 때문이다.

순간 릴리아나가 무슨 걱정을 하냐는 듯 여유롭게 미소 지었다.

"호호, 걱정 말아요. 내가 구해 줄게요. 필요한 목록을 적어 봐요."

"모두 적어 놨어요. 혹시나 싶어서요."

로디아는 기다렸다는 듯 두루마리 뭉치를 하나 내밀었다.

빽빽하게 적힌 재료 목록들. 언뜻 봐도 천여 가지는 되었다.

릴리아나는 그것들을 보며 어이없어하는 표정을 지었다. 방금 전 여유롭던 미소는 온데간데없고 땅이 꺼져라 한숨을 내쉬었다.

"이게 다 필요하다고요?"

"네. 근데 주릅 상인이 그 많은 걸 다 구할 수 있을까요?"

"잠깐만요. 그건 나도 알 수 없어요."

릴리아나는 즉시 주릅 상인을 소환했다. 다름 아닌 노스느크였다. 릴리아나는 노스느크의 단골 중 하나였기에 그는 매우 친절한 미소를 지었다.

"허헛, 또 저를 찾으셨나요, 릴리아나 님, 로이스 님?"

"혹시 이 목록에 있는 걸 다 구해 줄 수 있나요?"

릴리아나는 마력 전함의 재료가 적힌 두루마리를 노스느크에게 건넸다.

"험, 어디 보자. 꽤 많군요. 게다가 생각보다 꽤 구하기 어려워 보이는 희귀한 재료도 많고요. 하지만…… 내일 정도면 모두 구할 수 있을 겁니다."

그러자 로디아뿐 아니라 로이스의 안색도 환해졌다.

"하하하, 잘됐군. 그럼 당장 다 구해 와."

"한데 돈이 좀 많이 들겠군요. 아무리 싸게 해도 12만 베카 이하로는 안 됩니다."

그 말에 릴리아나의 입이 쩍 벌어졌다.

1천 2백 베카도 아니고, 1만 2천 베카도 아니다.

무려 12만 베카라니!

지금 그녀의 수중에는 대략 3천 베카 정도뿐이었다. 그걸 다 낸다 해도 11만 7천 베카가 모자란다.

그녀는 이마에 주름을 지으며 한숨을 내쉬었다.

"안 되겠네요. 돈이 없어요."

그 말에 로디아가 풀 죽은 표정이 되었다.

"그럼 어쩔 수 없죠."

"맞아. 돈이 없다면 어쩔 수 없는 일이지."

로이스 역시 침울한 표정이었다. 그러자 노스느크가 눈을 빛내며 말했다.

"허허, 로이스 님은 제가 믿을 수 있으니 원하시면 외상으로 거래를 해 드릴 수는 있습니다."

"그게 정말이야?"

그 큰돈을 외상으로 해 주다니! 로이스의 두 눈이 휘둥그레 커졌다. 노스느크가 미소 지었다.

“다만 한 가지 조건이 있습니다.”

“조건이라고?”

“예. 얼마 전 죽음의 토네이도가 샤론 대륙의 지형을 많이 바꿔 놨지요. 지금 아스피스 성의 북쪽에 생긴 호수가 대표적인 예입니다. 혹시 호수에 가 보셨나요?”

“응. 꽤 넓던데?”

로이스는 고개를 끄덕였다. 그러자 노스느크가 말을 이었다.

“그 호수는 규모로만 따지만 가히 바다라 할 수 있을 만큼 넓습니다. 따라서 새로 생겨난 것이 아니라 본래부터 있던 거대한 호수가 옮겨 온 것입니다.”

“뭐 그럴 수도 있겠군. 여긴 워낙 이상한 곳이니까.”

호수가 옮겨 오다니! 그것도 바다같이 넓은 호수가?

다른 데서 이 말을 들었다면 코웃음 쳤겠지만, 샤론 대륙이라면 그럴 수도 있는 곳이다. 뭐 그보다 더한 일이 있다해도 그냥 그러려니 할 것이다.

“그 호수 깊은 곳에는 고대부터 온갖 몬스터들이 살고 있습니다.”

“뭐 그야 당연하겠지.”

호수가 그렇게 크다면 몬스터들이 없을 리 없다. 이곳은 샤론 대륙이니까.

"심지어 어떤 몬스터들은 마족 못지않게 강력한 힘을 갖고 있을 정도입니다."

"그래?"

로이스는 호기심 어린 표정을 지었다. 그렇게 강한 몬스터들이라면 한번 싸워 보고 싶었기 때문이다. 해치우면 미스토스도 꽤 얻을 것이고 동시에 레벨도 올릴 수 있을 테니까.

"근데 조건이라는 게 뭐야?"

"그 호수 몬스터들 중 가장 포악하며 인간이나 이종족들에게 해를 많이 끼치는 종이 있는데, 바로 매브왕이라는 거대 뱀 형상의 괴수들입니다."

"매브왕? 이름이 특이하네."

"머리에 세 개의 뿔이 달려 있는 큰 뱀의 형상이라 알아보기 쉬울 겁니다. 혹시라도 호수를 지나시다 그놈들을 보게 되면 한 놈만 해치우고 그 내단을 구해다 주십시오. 그게 저의 조건입니다."

"매브왕의 내단 하나면 충분해? 다른 조건은 없어?"

"예. 매브왕의 내단은 보통 개당 11만 5천 베카 정도에 거래되지만, 로이스 님이시니 특별히 12만 베카로 쳐 드리겠습니다. 시간은 오래 걸려도 좋으니 언제라도 꼭 구해만 주십시오."

12만 베카면 딱 마력 전함의 재료값이었다. 로이스는 환호했다.

"하하하! 그런 거라면 염려 마. 내가 반드시 매브왕의 내단을 구해 올 테니까."

"허헛! 로이스 님만 믿겠습니다. 그럼 그렇게 약속하신 것으로 알고 저는 내일까지 이 목록에 있는 재료를 모두 구해 오겠습니다."

"응. 내일 봐."

로이스는 만면에 미소를 지으며 손을 흔들었다.

*　　*　　*

다음 날 주릅 상인 노스느크는 로디아가 두루마리에 적어 놓은 모든 재료들을 가져왔다.

"어제 부탁하신 물건들을 가져왔습니다, 로이스 님."

"수고했어. 매브왕의 내단은 꼭 구해 올 테니 염려 마."

"허헛! 로이스 님만 믿겠습니다."

노스느크가 한 손에 들고 온 보따리를 풀자 무려 1천여 종의 재료들이 우르르 쏟아져 나왔다.

그 작은 보따리에 어떻게 저 많은 물건들이 들어 있었을지 의문이었다.

로디아가 환호했다.

“필요한 재료가 모두 있으니 마력 전함을 만들 수 있겠어요.”

“시간이 얼마나 필요해?”

“정확히는 모르지만 정령들이 도와준다면 사흘 정도면 충분해요.”

상식적으로는 절대 사흘 만에 마력 전함을 만들 수 없다. 아무리 빨라도 몇 달은 걸릴 것이다. 그러나 정령들의 도움으로 범선을 불과 한나절도 안 되어 제작해 본 적이 있는 로디아였다.

더구나 이곳엔 릴리아나가 고용한 정령들이 잔뜩 있었으니 사흘도 길게 잡은 것이었다.

곧바로 로디아는 마력 전함을 만드는 작업에 착수했다.

정령들은 물론이고 릴리아나와 로이스도 함께 했다. 라크아쓰를 비롯한 네이더들, 란델, 아이리스, 스텔라, 루니우스까지 모두 마력 전함 제작을 도왔다.

말 그대로 릴리아나의 꽃밭에 있는 모두가 마력 전함의 제작에 매달린 것이었다.

그러다 보니 사흘 정도 걸릴 것이라 예상했던 것과 달리 이틀이 지나자 마력 전함은 거의 완성이 되었다.

그날 오후.

로이스는 아시엘이 있는 용자의 대전으로 초청되었다.

아시엘은 신비한 후광이 빛나는 용자의 옥좌에 앉아 로이스를 맞이했다.

"어서 오세요, 로이스 님."

"무슨 일이지?"

"내일이면 이곳을 떠나신다고 들었어요. 그래서 작은 선물을 하나 준비했어요."

"그래? 고마워."

로이스는 사양하지 않았다. 과연 어떤 선물일지 기대가 되었다.

Chapter 8
용자의 축복 인장

그때 아시엘의 옥좌 아래 시립하고 있던 총사 타르파가 로이스를 바라보며 말했다.

"이 시간 이후로 용자 아시엘 님은 로이스 님과의 용병 계약을 정식으로 해지할 것을 결정하였습니다. 그동안 아스피스 성을 위해 애써 주신 로이스 님의 노고에 진심으로 감사드립니다."

집사였을 때와는 달리 지금은 타르파의 몸에서도 알 수 없는 신비한 빛이 은은히 휘돌고 있었다. 아시엘만큼은 아니었지만 그 또한 상당한 위엄이 느껴졌다.

역시 총사가 되니 뭔가가 확실히 달라진 모양이었다.

그리고 그 순간.

[당신과 용자 아시엘의 용병 계약이 해지되었습니다.]

[당신은 더 이상 아시엘의 용병이 아닙니다.]

이는 군주의 목걸이가 알려 주는 문자들로 로이스의 눈에만 보이는 것들이었다.

[아시엘과의 용병 계약이 해지됨으로 빛나는 미스토스의 날개 축복이 사라집니다.]

* 빛나는 미스토스의 날개

—미스토스의 세계에서 아주 드물게 나타나는 특별한 축복.

—몬스터를 죽이고 얻는 보상 증가.

—용자 아시엘과 용병 계약이 지속되는 한 이 축복은 계속됨.

바로 이 축복이 사라진 것이다. 아쉽지만 용병 계약을 해지했으니 어쩔 수 없는 일이었다.

또한 아시엘 역시 그동안에는 로이스로 인해 쉽게 미스토스를 얻었지만, 앞으로는 그녀가 직접 기사들과 함께 몬스터들을 해치우며 미스토스를 얻어야 할 것이다.

로이스는 아시엘을 바라봤다.

"설마 이걸 선물이라고 말하는 건 아니겠지."

"그럴 리가 있겠어요?"

아시엘이 미소 지었다.

"제가 드릴 건 용자의 축복 인장이에요."

"용자의 축복 인장?"

"로이스 님이 저를 도와주신 것에 대한 증거이며, 앞으로 영원히 저와 아스피스 성이 로이스 님의 편에 서겠다는 약속의 징표이기도 해요."

동시에 그녀의 옥좌에서 투명하면서도 푸른 광채가 쏟아져 나와 로이스의 몸을 휘감았다.

화아아악!

그 광채는 이내 로이스의 왼쪽 팔뚝으로 스며들었는데 그곳에 마치 문신처럼 하나의 문양이 새겨졌다.

방패와 나무가 어우러져 있는 멋들어진 문양!

그것은 바로 아스피스 성의 상징이었다.

반짝!

그 푸른색의 문양은 환하게 빛나다가 이내 투명하게 되

어 보이지 않았다.

[용자 아시엘의 축복 인장을 얻었습니다.]

* 용자 아시엘의 축복 인장
—아스피스 성을 도와준 미스토스 상급 기사 로이스에게 용자 아시엘이 내린 특별한 축복의 징표.
—이 징표가 있으면 몬스터 처치 시 얻는 보상이 증가함.
—용자 아시엘이 철회하지 않는 한 이 축복은 계속 지속됨.

"오!"

로이스의 두 눈이 휘둥그레 커졌다.

방금 전 용병 계약을 해지하면서 사라졌던 빛나는 미스토스의 날개가 주던 축복 효과를 다시 얻게 된 것이나 다름없었다.

타르파가 안경을 고쳐 쓰며 말했다.

"로이스 님께 마지막으로 다시 한번 감사의 말씀을 올립니다. 지금 받으신 인장은 아시엘 님이 10카퍼스의 미스토스를 소모해 드리는 특별한 축복입니다. 이후 로이스 님의 성장에 조금이라도 도움이 되었으면 하는 바람입니다."

"10카퍼스라고?"

로이스는 깜짝 놀랐다. 물론 지금껏 로이스가 아스피스 성에 기여한 미스토스는 그 열 배 이상이지만, 아무리 그렇다 해도 축복 하나 펼치는 데 무려 10카퍼스나 쓰다니.

"미스토스를 아껴야지 대체 왜 이런 데다 쓰는 거야?"

"로이스 님을 위해 쓰는 거라면 아깝지 않아요. 그리고 앞으로 저 역시 열심히 미스토스를 쌓을 것이니 염려 마세요. 저의 축복이 로이스 님께 조금이나마 도움이 되었으면 좋겠군요."

"고마워, 아시엘. 이건 조금이 아니라 아주 많은 도움이 될 거야."

로이스는 환하게 미소 지었다. 아시엘이 그야말로 큰맘 먹고 준 선물이니 뭐라 하지 말고 고맙게 받아 주는 것이 그녀의 마음을 가볍게 할 것이다.

* * *

다음 날 새벽.

로이스는 오늘도 마검 다켈과 결투를 마치고 낚시도 했다.

평소와 다를 바 없는 일과지만, 그 이후의 일과는 달랐다.

오늘은 아스피스 성을 떠나는 날이기 때문이다.

"로이스 님, 드디어 떠나시는군요."

"모든 준비를 마쳤으니까 떠나야지."

"이걸 받으세요."

릴리아나는 꽃밭을 나서는 로이스에게 작은 씨앗 하나를 주었다.

"이 씨앗은 뭐야?"

"그건 저의 분신과도 같아요. 새로 꽃밭을 만들 만한 장소를 발견하면 그곳에 이 씨앗을 심어 주세요. 그럼 제가 즉시 그쪽으로 이동할 수 있어요."

"그런 거구나. 알았어."

로이스는 떠나지만 릴리아나는 계속 아스피스 성 내의 꽃밭에 남아 있었다.

그러다 로이스가 적당한 지점을 발견해 씨앗을 심게 되면 그 즉시 릴리아나의 꽃밭이 그곳으로 자동 이동된다는 것이었다.

"근데 내가 적당한 지점을 어떻게 알 수 있어? 그냥 아무 곳이나 씨앗을 심으면 되는 거야?"

"그럼 안 되죠. 신중하게 결정하셔야 해요. 가장 좋은 곳은 고대 용자의 성이나 거점이 있던 장소예요. 마왕이나 마족들이 마궁으로 사용하던 장소도 나쁘지 않고요. 그런 곳에선 미스토스 결계를 유지하기가 아주 쉽거든요. 유사시 적의 공격을 방어하기에도 유리한 곳이고요."

그 말과 함께 릴리아나는 커다란 두루마리에 그려진 지도를 폈다.

"이 두루마리에는 로이스 님을 중심으로 일정 반경에 있는 지형이 자동으로 지도로 그려져요. 동시에 그 지도의 영역 내에 위치한 주요 몬스터들이나 마족들의 위치도 표시되죠. 물론 용자의 집이나 성이 있으면 그 또한 표시되고요. 방금 말한 고대 용자의 성이나 거점이 있던 장소가 나타나면 쉽게 알 수 있어요."

"이 지도의 형태는 어디서 많이 보던 건데?"

"매일 보시던 거잖아요."

그러고 보니 로이스의 방 안 벽에 그려져 있던 그 지도였다.

"이걸 마전함 안에 붙여 놓는 게 좋겠어. 움직이면서 주변의 지형을 지도로 볼 수 있을 거야."

"좋은 생각이에요."

마전함(魔戰艦)은 마력 전차의 새로운 이름이었다.

크기와 형태는 마력 전차와 비슷하지만, 물이 있는 곳에서는 범선의 형태로 변신하는 놀라운 기능을 갖췄고, 필요하면 잠수도 얼마든지 가능했다.

게다가 자체 방어 능력 및 반격 능력이 몇 배는 강력해진 터라 마전함이라 불러도 무리가 없었다.

그리고 마전함의 기능은 그것이 다가 아니었다.

언제든 요새 형태의 건물로 변할 수도 있었다.

강한 적이 나타나거나 혹은 야영을 하는 상황이 되면 마전함이 방어 요새로 변함과 동시에 주변에 미스토스 결계도 펼쳐지게 된다.

물론 미스토스 결계는 마전함이 알아서 펼치는 것이 아니라 로이스를 수행하는 물의 정령 퓨리의 임무였다.

이번에 릴리아나로 인해 중급 정령이 된 퓨리는 좀 더 능숙하게 미스토스 결계를 펼칠 수 있었다.

이를 위해 릴리아나는 퓨리에게 1카퍼스의 미스토스를 위임했다.

동시에 로디아에게도 1카퍼스의 미스토스가 위임된 터였다. 그녀 역시 미스토스를 다룰 수 있게 됐기 때문이다.

그러나 똑같이 미스토스 방어 결계를 펼쳐도 정령인 퓨리가 펼쳐야 미스토스 소모가 훨씬 적은 터라, 로디아의 미스토스는 타락한 용자와 같은 적들의 미스토스 결계를 해제하는 등의 공격 용도라 할 수 있었다.

"그럼 이만 가 볼게. 좋은 지점을 찾아서 씨앗을 심을 테니 염려 마."

"네, 기대하고 있을게요, 로이스 님."

로이스가 마전함에 오르자 아이리스, 로디아, 스텔라, 루니우스가 차례로 릴리아나에게 인사를 한 후 모두 탑승했다. 물론 라크아쓰도 빠질 수 없었다.

다만 유사시를 대비해 란델은 릴리아나의 곁에 남겨 뒀다.

그리고 이번에도 로이스를 수행하는 정령들은 총 4명으로, 모두 중급 정령들이었다.

"출발해, 로디아."

"네, 로드."

마전함의 조종사는 로디아였다. 조종석에 앉아 있을 필요 없이 그녀가 원하는 지점으로 마전함이 자동 이동하는 터라 조종은 매우 편했다.

더구나 릴리아나가 로이스에게 준 지도야말로 마전함과 최고의 조합이었다. 그 지도의 특정 지점을 목표로 지정하면 마전함이 그곳을 향한 최적의 경로를 스스로 찾아서 이동하기 때문이다.

유사시를 위해 로이스 등도 모두 마전함의 작동법을 배워 두었다.

콰르르르!

드디어 마전함이 꽃밭을 빠져나갔다. 아시엘과 타르파 등이 앞에서 기다리고 있다가 손을 흔들었다.

"로이스 님! 이제 떠나시는군요."

"응. 잘 지내, 아시엘."

"네. 로이스 님도요."

로이스는 마전함에서 내리지 않았다. 마전함은 느릿한 속도로 내성의 광장을 거쳐 서쪽 문으로 이동했다.

"안녕히 가세요, 로이스 님!"

"꼭 돌아와 주세요, 로이스 님!"

이꼬트들이 따라 나오며 외쳤다. 디안과 아린은 로이스가 떠나는 게 섭섭한지 눈시울이 붉어져 있었다.

"잘 있어라, 디안, 아린!"

예전 리자드맨들에게 붙잡혀 있던 디안과 아린을 로이스가 구해 준 적이 있다. 그래서인지 그들은 다른 이꼬트들보다 로이스를 더욱 각별히 생각하고 있었다.

"헤헤, 받으세요. 제가 만든 이슬떡이에요."

"저도 같이 만들었어요, 로이스 님."

아린과 디안은 마전함의 창문을 통해 예쁜 잎사귀로 포장된 이슬떡 수십 개를 건네주었다. 로이스는 미소 지으며 손을 흔들었다.

"고마워. 잘 먹겠다."

이것들은 이전에 받은 최상급 이슬떡처럼 특별한 회복 기능이 있는 것이 아니라 그냥 평범한 이슬떡이었다.

그래서 부담 없이 먹을 수 있을 것이다.

마전함은 그사이 서문을 빠져나갔다.

"마왕들을 모두 무찔러 주세요!"

"와아! 무적의 기사 로이스!"

"당신과 함께 해서 정말 행복했습니다!"

"보고 싶을 거예요, 로이스 님!"

아스피스 성의 내성을 벗어나 두 겹의 외성을 통과하는 동안 아시엘, 스위니, 타르파, 카로드, 오후스가 마중을 나왔고, 길옆에 이꼬트들과 도시 루파인의 시민들, 미스토스 용병들, 제국 연합군의 병사들이 쭉 늘어서서 계속 손을 흔들었다.

'이제야 이곳을 떠나는 게 실감이 되네.'

로이스는 모두에게 손을 흔들어 주며 씁쓸하게 웃었다.

정들었던 장소를 떠나는 것은 누구에게라도 슬픈 일이리라. 로이스 역시 예외는 아니었다.

마치 예전 체란산을 떠나올 때처럼 울적한 기분이었다.

그러자 문득 오크 대장 라개드의 모습도 떠올랐다.

'라개드 녀석은 잘 있는지 모르겠구나.'

이럴 줄 알았으면 얼마 전 사르곤 제국에 갔을 때 체란산에 들러 라개드의 얼굴을 한번 보고 왔으면 좋았으리라.

그렇다고 지금 마전함을 라키아 대륙으로 돌릴 수는 없는 일.

'나중에 볼 날이 있겠지.'

로이스는 어디 놀러 가는 것이 아니라 용자들을 도와주고 미스토스의 군주가 되기 위해 떠나는 것이다.

준비가 갖춰진 이상 하루라도 지체하지 말고 가야 했다.

잠시 후 아스피스 성의 서문으로 나온 마전함은 곧바로 북쪽으로 이동했다.

목적지는 타락한 용자 제라칸의 거점!

그곳은 북쪽의 호수를 따라 이동해야 하기 때문이다.

마전함은 호수가 나타났지만 멈추지 않고 그대로 전진했다.

그리고 물속으로 들어간 순간.

쿠구구궁! 스스슥! 촤아악!

마전함이 전차의 형태에서 하얀 사각 돛과 삼각돛들이 달린 멋들어진 범선으로 바뀐 것은 순식간이었다.

마전함은 호수의 수면을 가르고 서서히 이동했다.

순간 바람의 정령 라샤가 날아올랐다.

"이제 제가 활약할 차례군요."

로이스가 미소 지었다.

"무리하지 말고 중간에 힘들면 쉬어 가면서 해."

"후훗, 염려 마세요. 이젠 저도 중급 정령이라 쉽게 지치지 않거든요."

쏴아아아!

라샤가 바람으로 돛을 밀어내자 굳이 마정석의 마나를 소모하지 않고도 빠른 속도가 나왔다.

그리고 이런 때는 마전함이 인근의 마나를 조금씩 흡수하며 비축해 두었다가 동력으로 사용하는 터라 마력 전차에 비해 마정석의 소모가 매우 적었다.

1급 마정석 하나로 무려 몇 년 이상 마전함의 운행이 가능하게 된 것은 로디아가 이룬 쾌거 중 하나였다.

'근데 벌써 이렇게 멀리 왔네?'

고개를 돌려 남쪽을 보니 아스피스 성의 모습이 점점 멀어져 가고 있었다.

배의 속도가 그만큼 빠른 것이다.

거대한 아스피스 성이 점차로 작아지더니 어느 순간 보이지 않았다.

쏴아아아—!

언제부턴가 사방 어디를 봐도 호수의 수평선만 보였다.

'왠지 허전해.'

뭔가 마음이 텅 빈 것 같은 느낌이었다.

문득 처음 체란산에서 봤던 소녀 아시엘의 해맑은 미소가 떠올랐다.

그뿐이 아니다. 성을 나오기 전 마지막으로 로이스를 향해 밝게 웃어 주던 모습도 떠올랐다.

'젠장! 왜 계속 떠오르는 거야?'

로이스는 속으로 투덜댔다. 왜 이렇게 허전한 걸까?

앞으로 아시엘의 환한 미소를 또 볼 수 없다는 것이 이토록 마음을 텅 비게 만드는 것이었다.

로이스는 자신도 모르게 중얼거렸다.

"언제가 될지 모르지만 내가 모든 마왕들과 타락한 용자들을 다 해치우면 이곳으로 돌아올 거야."

아스피스 성에 방문해 아시엘도 보고, 체란산에 가서 오크대장 라개드도 볼 것이다. 특히 아시엘에게는 거뜨볶음을 해 달라고 조를 작정이었다.

그렇게 생각을 하고 나자 왠지 마음이 다시 편안해졌다.

"그러고 보니 바람이 꽤 시원한 걸."

세차게 몸을 스쳐 가는 바람을 맞으며 로이스는 기분 좋게 웃었다.

쾌속하게 물살을 가르는 마전함의 속도를 즐기는 것도 꽤 신나는 일이리라.

그러나 그것도 한순간이지 그 상태로 대략 반나절이 지나자 별 느낌도 없었다.

그사이에도 마전함은 계속 지정된 방향으로 이동했고 사방은 그저 수평선뿐이었다.

여전히 갑판 위에 서서 수면을 바라보고 있던 로이스는 문득 하품을 했다.

'어딜 봐도 온통 다 물이구나.'

슬슬 지루했다. 물만 멍하니 쳐다보고 있으니 대체 뭐하고 있나 싶기도 했다.

그렇다고 갑판 위에서 수련을 할 수도 없는 일. 그랬다간 마전함의 갑판이 다 부서지고 말 것이다.

물론 마전함은 스스로를 복구하는 기능도 있으니 좀 부서져도 상관은 없겠지만, 그래도 혼자라면 모를까 부하들도 있으니 갑판 위의 수련은 자제해야 하리라.

'다들 뭐하고 있나.'

고개를 돌려 보니 로디아는 뭔가를 종이에 열심히 그리고 있었다.

슥슥.

"뭐해, 로디아?"

"그냥 혹시 새롭게 만들 만한 것들이 있나 연구 중이에요. 마전함에 추가할 만한 기능들도 연구 중이고요."

마력 전차를 마전함으로 개조하면서 고무된 그녀는 계속해서 새로운 것들을 또 만들어 보려고 설계도를 그리고 있는 것이었다.

“고생 중이었군.”

“호호, 고생은요. 재미있는 걸요.”

로디아는 계속해서 뭔가를 또 그려 댔다. 전혀 고생스럽거나 심심하지 않은 기색이었다.

‘아이리스는 뭐 하나 볼까?’

그런데 아이리스 역시 뭔가를 쓰고 있었다.

“뭐 해?”

“샤론 대륙에서의 전쟁에 대한 전략과 전술을 연구 중이에요. 라키아 대륙에서는 없는 미스토스라는 특별한 변수가 있어 사실상 전체적으로 새로운 개념의 전략과 전술을 짜야 하거든요.”

“머리 아프겠다.”

“아뇨, 재미있어요.”

다들 재미있단다. 여기에서 심심해하는 건 로이스뿐인 것일까?

스윽.

로이스는 스텔라가 뭐 하는지 살펴봤다. 그런데 그녀는 정자세로 앉아 눈을 감고 있었다. 잠을 자는 것 같지는 않았다.

"넌 뭐해, 스텔라?"

"심상 수련 중이에요."

"그게 뭔데?"

"마음으로 적을 떠올리고 전투를 하는 거죠."

"그래. 혹시 재미있어?"

"물론이죠."

스텔라는 정말로 재미있는지 입가에 미소가 맺혀 있었다.

"그럼 계속해."

"네, 로드."

로이스는 심상 수련 따위는 관심 없었다. 아니 전혀 취향이 아니었다. 수련은 직접 몸을 움직이며 땀을 흘려야 제맛이니까.

하지만 부하들의 취향까지 간섭하고 싶지는 않았다.

열심히 수련하고 있다니 방해해서는 안 될 것이다.

'루니우스는 뭐 하나?'

역시나 루니우스도 갑판의 한쪽에 정좌를 하고 눈을 감고 있었다.

딱 봐도 그 심상 수련이라는 걸 하고 있는 게 분명했다.

그래서 굳이 뭐 하는지 물어볼 필요도 없었다.

결국 로이스는 후갑판 한쪽에서 놀고 있는 라크아쓰 패거리를 향해 걸어갔다.

"라크아쓰! 넌 뭐해?"

"케케케, 심심해서 낚시 중입니다요."

"너도 낚시할 줄 알아?"

"물론입니다요. 보시겠습니까?"

라크아쓰가 수면 아래 던져 놓은 거미줄을 슬쩍 들어 올렸다.

거미줄 하나가 낚싯줄처럼 길게 뻗어 있었는데 그 끝은 올가미 형상이었다.

그럴듯했지만 왠지 어설퍼 보였다.

"그걸로 물고기를 잡을 수 있을까?"

"조만간 한 놈 걸려들겠지요."

자신만만한 표정이었지만 반나절이 넘게 한 마리도 못 잡은 모양이었다. 로이스는 고개를 흔들었다.

"차라리 거미줄로 그물을 만들어 던지는 게 어때?"

보통의 거미줄로는 어림도 없지만 네이더들의 특수한 거미줄로는 충분히 가능한 일이었다.

"케케케! 그물을 던져 고기를 잡는 건 너무 쉬운 일이지요. 저는 반드시 낚시로 물고기를 낚고 말 겁니다."

그러고 보면 라크아쓰 역시 무료함을 달래기 위해 이 괴상한 낚시를 하고 있는 게 분명했다. 단순히 물고기를 잡을 목적이었으면 거미줄 그물을 던지는 게 백배 나을 것이다.

'그래. 나도 낚시나 해 볼까?'

딱히 다른 할 일도 없었다.

로이스는 낚시를 하면 마법 저항력이 증가한다.

그러나 그것은 차원의 연못에서 차원력이 깃든 낚싯대를 들고 할 때의 얘기다.

릴리아나의 꽃밭에 있을 때나 가능한 일인 것이다.

그러나 이런 곳에서 낚시를 못할 것은 없다.

낚시를 많이 하면 낚시의 단계도 올라갈 것이다. 마법 저항력은 증가하지 않겠지만.

그런데 그때 로이스의 눈치를 읽은 라크아쓰가 히죽 웃으며 물었다.

"로드께서도 낚싯줄이 필요하십니까요?"

"하나 만들어 줘 봐."

"케케케, 잠시만 기다리십시오."

라크아쓰는 예의 그 이상한 올가미형 낚싯줄을 만들기 시작했다.

대신 로이스가 사용하기 쉽게 손잡이 같은 걸 끝에 매달았다.

올가미를 제외한 낚싯줄은 끈적끈적한 거미줄이 아니라

특수하게 변형한 상태였다. 매끈하고 질기면서 투명했다. 올가미 부근은 어떻게 했는지 살짝 무게도 느껴졌다. 가볍기만 하다면 물속으로 집어 던지는 게 불가능할 것이다.

'의외로 쓸 만해 보이네.'

확실히 라크아쓰가 뭔가를 만들어 내는 손재주는 기막혔다. 물론 거대 거미 형태의 그에게 손재주라는 말이 좀 이상하긴 하지만 말이다.

"자, 다 됐습니다. 이걸 던진 후 기다리고 계시다가 뭔가 느낌이 오면 확 잡아당기시면 됩니다."

"알았어."

낚시 바늘이나 찌, 혹은 먹이도 달지 않은 채 그저 올가미를 던져 놓고 알아서 그 근처를 지나가는 물고기를 잡는 것이라니.

과연 이런 데 걸려들 눈먼 물고기가 있을까?

휙!

상당히 어설퍼 보이긴 하지만 그래도 한번 해 보았다. 로이스도 꼭 물고기를 많이 잡겠다는 목적이 아니었으니까.

그런데 얼마나 지났을까?

"……!"

로이스는 쥐고 있는 올가미에 뭔가가 걸려들었다는 느낌에 확 낚싯줄을 잡아당겼다.

푸득. 푸득.

햇살을 받아 신비한 푸른빛으로 번쩍이는 물고기는 팔뚝 굵기로 아주 큼직했다. 입 가장자리에 두 개의 수염이 길게 나와 있었는데 신기하게도 전신 비늘이 푸른 보석처럼 반짝였다.

"하하, 잉어야. 아주 예쁘게 생겼는데? 구워 먹긴 아까운 녀석인 걸."

이미 차원의 연못에서 한번 낚아 봤던 물고기라 로이스는 단번에 알아봤다.

"케케케! 축하드립니다요!"

라크아쓰를 비롯한 네이더들이 부러운 듯 로이스를 쳐다봤다. 대체 어떻게 그리 빨리 낚았는지 신기하다는 표정이었다.

"그런데 이 물고기는 어떻게 할까요, 로드?"

잉어의 힘이 꽤 세서 라크아쓰는 거미줄로 묶어 둔 터였다. 로이스는 갑판 한쪽 수조를 가리키며 말했다.

"일단 저기다 넣어 놔. 워낙 신기하게 생긴 녀석이라 바로 잡아먹긴 아깝다."

"예, 로드."

그사이 로이스는 다시 올가미를 던졌고 금세 또 한 마리의 큼직한 물고기를 낚았다.

"후후, 이번엔 붕어네. 이것도 이상한 비늘을 가지고 있군."

신기하게도 또 반짝이는 푸른 비늘을 가진 붕어였다. 이렇게 멋진 비늘을 가진 붕어는 처음 봤다.

"케케케! 부럽습니다요, 로드."

라크아쓰는 뭔가 흐뭇해하는 표정이었다. 자신이 발명한(?) 거미줄 올가미로 로이스가 연거푸 낚시에 성공했기 때문이다.

그러나 사실 이는 그동안 로이스가 차원의 낚시터에서 낚시 단계를 꾸준히 올려놨기에 가능한 일이었다.

현재 17단계에 이른 낚시 기술로 인해 물고기들이 알아서 올가미에 걸려들었다.

즉, 로이스가 낚시를 하게 되면 인근의 물고기들이 자신의 의지와 상관없이 저절로 끌려와 걸려들게 되어 있는 식이었다.

그야말로 물고기들의 천적이자 재앙과 같은 존재가 바로 로이스인 것이다.

그런 사실을 모르는 라크아쓰로서는 자신의 올가미 낚시법이 매우 훌륭한 낚시법이라며 스스로를 뿌듯해하고 있었다.

툭.

그런데 그때였다. 다시 올가미를 던져 반응을 기다리던 로이스의 낚싯줄이 갑자기 끊어져 버렸다. 올가미가 있는 부분이 뭔가에 의해 순식간에 잘려 나간 것이다.

"뭐야? 어떻게 된 거지?"

"아주 큰 물고기가 있는 게 분명합니다요. 잠시만 기다려 주시면 다시 만들겠습니다."

라크아쓰는 작정하고 거미줄을 뽑아내 그것들을 엮어 튼튼한 올가미와 낚싯줄을 만들었다.

"됐습니다요. 이건 쉽게 끊어지지 않을 겁니다."

"좋아. 수고했어."

로이스는 물고기를 두 번이나 낚은 터라 신이 나 있었다.

휙!

곧바로 올가미를 던졌다. 그런데 이번에도 잠시 기다리자 또 낚싯줄이 끊어져 버렸다.

"아니? 대체 어떤 녀석이?"

"케케케! 대단한 놈이군요. 수법을 보니 아까 그놈이 분명합니다요."

"어디 한번 확인해 봐야겠어."

슬슬 약이 오른 로이스는 낚싯줄을 치우고 물속으로 뛰어들었다.

풍덩!

호수는 물이 무척 깊어 바닥이 어딘지 보이지도 않을 정도였다.

다행히 로이스는 이미 수영은 물론 잠수, 수중 호흡 등 물과 관련된 능력의 단계들도 오래전 오보츠 숲에 있을 때 다 올려 둔 터였다.

물속에서 어지간한 전투를 수행하는 것도 불편함이 없을 만큼 그의 움직임은 자유로웠다.

'대체 어떤 놈일까?'

정말로 동일한 물고기의 소행이라면 라크아쓰의 말대로 대단한 녀석임에 틀림없었다.

빠른 속도로 움직이는 마전함을 뒤따라오며 로이스의 올가미만 툭 끊어 버렸으니 말이다.

Chapter 9
호수의 포식자들

한편 로이스가 물속으로 뛰어들자 마전함은 자동으로 멈춰 섰다.

뿐만 아니라 물의 정령 퓨리가 무슨 일인가 싶어 로이스의 뒤를 따라왔다.

"로이스 님! 갑자기 왜 물로 뛰어드셨나요?"

물속이지만 퓨리는 아무렇지도 않게 말을 하는 것이 가능했다. 그러나 로이스는 대충 손짓으로 표현을 해야 했다.

'별일 아니니까 신경 쓰지 마.'

말을 할 수 없으니 답답해 미칠 지경이었다.

그러자 퓨리가 빙긋 웃더니 입에서 바람 같은 걸 불었다.

순간 커다란 물방울이 생겨나 로이스의 몸을 뒤덮었다.

"어때요? 이제 좀 편해졌죠?"

그때부터 로이스는 퓨리처럼 물속에서 말도 할 수 있었고 숨을 쉬는 것도 자유로웠다. 로이스의 두 눈이 휘둥그레졌다.

"어라? 물에서 숨이 쉬어지네? 너 이런 마법도 펼칠 줄 알았어?"

"호호, 제가 달리 물의 정령이겠어요? 근데 무슨 일이시죠?"

"물고기 한 녀석이 올가미를 계속 끊었거든. 얼마나 큰 물고기인지 한번 확인해 보려고."

그 말과 함께 로이스는 근처의 물속을 살폈다. 퓨리가 한쪽을 가리켰다.

"혹시 저기 있는 머메이드가 아닐까요?"

"머메이드?"

퓨리가 가리킨 곳을 보니 상체는 인간 여성의 몸이지만 하체는 물고기의 형상을 가진 특이한 존재가 로이스를 사납게 노려보고 있었다.

말로만 듣던 여성 인어(人魚), 머메이드였다.

푸른 머리카락을 가진 머메이드의 얼굴은 제법 예뻤다. 상반신에 푸른빛으로 반짝이는 갑옷을 입고 양손에 기다란 창을 쥐고 있었는데 로이스를 매우 경계하는 표정이었다.

반면에 퓨리를 보고는 고개를 갸웃하는 듯했다. 그러다 물의 정령임을 한눈에 알아 봤는지 두 눈을 반짝이며 이내 호감이 가득한 미소를 보내왔다.

"당신은 물의 정령이군요. 그런데 어찌 저런 나쁜 인간과 함께 있나요?"

머메이드가 묻자 퓨리 역시 미소를 지으며 대답했다.

"뭔가 오해가 있는 것 같군요. 로이스 님은 절대 나쁜 인간이 아니에요."

"천만에요! 제 친구들을 둘이나 잡아갔다고요. 절대 좋은 인간이 아니에요."

"그럴 리가 없어요. 로이스 님 정말이신가요?"

"글쎄! 내가 대체 무슨 친구들을 잡았다는 건지 모르겠군."

그러자 머메이드는 로이스를 노려보며 씩씩거렸다.

"흥! 올가미로 낚아채 놓고 어디서 거짓말을 하는 거지? 빨리 내 친구들을 내놓지 못해?"

올가미라고? 로이스는 비로소 무엇 때문에 저 머메이드가 저리 화가 났는지 짐작이 갔다.

"혹시 그 파란 잉어와 붕어를 말하는 거냐? 그 녀석들이 네 친구였어?"

"그래. 그 아이들이 내 친구들이니 어서 풀어 줘."

그러자 로이스는 시큰둥한 표정을 지었다. 고작 물고기 두 마리 잡은 거 가지고 저리 난리일 줄이야.

"그럴 수는 없지. 안 됐지만 그 녀석들은 오늘 저녁 내 식사거리가 될 거야. 통통하니 무척 맛있게들 생겼던데, 후후후."

"뭐라고? 이 나쁜 놈아! 가만 두지 않겠다."

머메이드는 크게 분노하더니 이내 로이스를 향해 달려들었다.

쉬익! 슈우욱—

물 사이를 쾌속하게 날아드는 창의 공격이 제법 매섭긴 했다. 더구나 창날에 강렬한 오러의 빛이 맺혀 있는 것도 놀라웠다.

'머메이드들도 창술을 펼칠 줄 아는가 보군.'

그러나 로이스에게는 가소로울 뿐이다. 더구나 지금 그는 맨손 상태였다. 그랜드 마스터이건 최상급 마족이건 주먹 한 방으로 날려 버릴 수 있는 최강의 상태인 것이다.

간 큰 머메이드가 그런 그에게 창을 들이밀고 있으니 어이가 없을 지경이었다.

"로이스 님! 부탁이니 머메이드를 해치지 말아 주세요."

그때 퓨리가 다급히 외쳤다. 로이스의 성격상 머메이드

라고 사정을 봐주지 않을 것을 아는 터라 미리 당부를 한 것이다.

다행히 로이스는 가볍게 머메이드의 공격을 피한 후 창을 빼앗아 버렸을 뿐 주먹으로 때리거나 하지는 않았다.

사실 한낱 머메이드를 상대로 주먹질을 한다는 것은 왠지 치사한 짓 같아서 관둔 것이었다.

"네가 이런다고 소용없어. 그 녀석들은 내가 낚시로 잡은 물고기들이야. 오늘 저녁 먹어 치울 테니 그렇게 알고 그만 포기해."

"안 돼! 이 나쁜 놈! 그럼 널 절대 용서 못 할 거야! 당장 내 친구들을 내놔!"

순간 로이스의 두 눈에서 시퍼런 빛이 번쩍였다.

"계속 귀찮게 하면 가만두지 않겠다."

로이스는 당장이라도 창을 집어던질 기세였다. 그리고 그렇게 되면 머메이드는 자신의 능력으로 그 창을 피해 낼 수 없으리란 것을 직감했다.

"으으……!"

이대로 저항을 했다간 창에 목이 꿰뚫려 죽고 말 것이다. 어떻게 해도 로이스를 이길 수 없다는 생각이 들자 머메이드는 서러운 듯 울며 애원했다.

"흐흑! 제발 부탁이야. 차라리 날 잡아먹어. 불쌍한 내 친구들은 잡아먹지 말고 그냥 놔줘.”

로이스는 물속에서도 눈물이 맺히는 모습이 보인다는 것이 신기했지만 한편으로 머메이드가 슬프게 울자 살짝 미안해졌다.

“난 너 같은 머메이드는 먹지 않아. 하지만 그것들은 그저 물고기일 뿐이거든. 물고기 좀 잡아먹는 것 가지고 왜 그리 나를 나쁘게 보는 거지?”

“물고기들을 잡아먹는 건 상관없어. 우리도 물고기들을 잡아먹고 사니까. 하지만 네가 잡은 잉이와 붕이는 달라. 오래도록 나와 함께해 온 친구들이라고.”

“잉이와 붕이? 그게 이름이야?”

“응.”

이름이 무척 단순했다. 딱 보니 잉어의 이름이 ‘잉이’이고 붕어의 이름이 ‘붕이’일 것이다.

비로소 로이스는 머메이드가 왜 저리 우는지 이해가 갔다.

즉, 로이스가 잡은 파란 잉어와 붕어는 머메이드의 펫과 같은 존재인 것이다. 인간으로 치면 집에서 기르는 고양이나 강아지와 같다고 볼 수 있었다.

‘어쩐지 좀 특이하게 예쁜 물고기들이라 했더니 펫이었군.’

아무리 물고기 구이를 좋아한다고 하지만 머메이드가 친구처럼 여기는 펫들을 먹을 수는 없는 일이다. 로이스도 그

정도로 매정하지는 않았다.

다른 붕어나 잉어는 잡아먹을 수 있어도 이 머메이드의 친구들은 그냥 놔주는 게 좋을 것이다.

문득 오크 대장 라개드가 떠올랐다.

라개드는 로이스의 친구다. 누군가 라개드를 괴롭히면 로이스에게 맞을 각오를 해야 할 것이다.

그러나 그 외의 오크들은 그저 몬스터일 뿐, 누가 오크를 죽인다고 해서 로이스가 그들을 뭐라 하지는 않을 것이다.

심지어 로이스에게는 거대 거미인 라크아쓰와 마족 란델도 있지 않은가. 누군가에게는 그저 끔찍한 몬스터나 사악한 존재로 보일지라도 로이스에게는 소중한 부하들이었다.

곧바로 로이스는 머메이드를 향해 빙긋 웃었다.

"진작 그렇게 말하지. 잉이와 붕이를 놔줄 테니 그만 울어."

"정말? 진짜 내 친구들을 풀어 줄 거야?"

"그렇다니까."

로이스는 훌쩍 수면 위를 딛고 도약해 갑판 위로 올라간 후 수조에 넣어 두었던 파란 잉어와 붕어를 호수로 던졌다.

풍덩! 풍덩!

잉이와 붕이는 호수로 돌아오자 힘차게 헤엄치며 머메이드의 주위를 맴돌았다. 그러자 머메이드의 얼굴이 환해졌다.

"이것도 받아."

로이스는 빼앗은 창도 돌려줬다. 그러자 머메이드가 로이스에게 다가와 말했다.

"정말 고마워요. 그리고 아까 저의 무례를 용서해 주세요. 당신은 나쁜 인간이 아니라 좋은 인간이군요."

머메이드의 태도가 정중하게 변했다. 게다가 칭찬까지 해 주자 로이스는 흐뭇하게 웃었다.

"잘 봤어. 난 나쁜 인간이 아니야."

"제 이름은 타샤예요."

"난 로이스. 그런데 혹시 저기 오는 녀석들도 너의 펫은 아니겠지?"

로이스가 불쑥 한쪽을 가리켰다.

수중 먼 곳에서 이곳을 향해 접근하고 있는 거대한 물고기들!

상체는 거대한 가재나 새우의 형상을 하고 있고, 하체는 물고기의 형체를 가진 괴수어들이었다. 딱딱한 껍질이 가히 철갑처럼 단단해 보였고 네 개의 긴 다리들은 검처럼 날카로워 보였다.

"모두 피해요! 호수의 포식자 아즈검들이에요."

"아즈검?"

"저놈들의 뒤에는 매브왕들도 있어요. 그놈들에게 걸리

면 끝장이에요."

타샤가 다급하게 외쳤다. 그녀는 얼마나 놀랐는지 얼굴이 새하얗게 질려 있었다. 그만큼 지금 나타난 괴수어들이 그녀에게는 공포의 존재인 모양이었다.

그러나 로이스의 표정은 달랐다. 그의 두 눈에 빛이 번쩍이고 있었다.

"지금 혹시 매브왕이라고 했어?"

"매브왕들은 이 호수에서 가장 무서운 포식자들이에요."

"하하하, 그렇지 않아도 어떻게 찾나 했는데 잘됐군."

매브왕이란 이름은 로이스도 이미 들어 봤다. 그 매브왕의 내단을 하나 구해다 주면 주릅 상인 노스느크에게 진 외상을 갚을 수 있기 때문이다.

내단 하나에 무려 12만 베카라 했다.

그렇다면 기왕 구하는 거 내단을 몇 개 더 구하면 좋을 것이다. 돈을 왕창 벌 수 있을 테니까.

'그럼 릴리아나가 무척 좋아하겠지.'

아마도 릴리아나는 신이 나서 춤을 출지도 모른다.

로이스의 부하들을 챙겨 주느라 늘 돈에 쪼들려서 사는 릴리아나를 위해 그깟 매브왕의 내단 몇 개쯤 더 구하는 게 뭐가 어렵겠는가.

'기다려, 릴리아나. 내가 돈을 왕창 벌 테니까.'

그렇게 로이스가 흐뭇해하는 표정을 짓고 있자 타샤는 기막혀하는 표정을 지으며 다시 외쳤다.

"이럴 때가 아니에요. 어서 피하지 않으면 당신과 당신의 동료들도 모두 살아남지 못해요."

"염려 마. 내가 저놈들을 모두 해치울 거야. 그사이 타샤 너는 마전함에 피해 있어."

로이스는 그 말과 함께 퓨리에게 고개를 끄덕였다.

"타샤를 보호해 줘, 퓨리."

"네, 로이스 님."

곧바로 퓨리가 타샤의 손을 잡아끌며 말했다.

"저놈들은 로이스 님께 맡기고 저와 함께 잠시 마전함으로 피해요. 저 배는 무척 안전하거든요."

그것은 사실이었다. 지금 이미 퓨리가 마전함 주위로 미스토스 결계를 펼친 상태라 마전함은 토네이도가 몰아친다 해도 아무런 피해를 입지 않을 것이다. 당연히 저 호수의 괴수어들이 떼로 몰려와도 마전함 근처로 접근 자체가 불가능했다.

그러나 타샤는 그 같은 사실을 알지 못하는 터라 선뜻 따라오지 않았다. 최대한 빨리 이곳에서 피해야 한다는 생각을 할 뿐이었다.

"날 믿어요, 타샤. 정령은 거짓말을 하지 않아요. 아까 로이스 님이 나쁜 인간이 아니라는 내 말이 틀리지 않았잖아요."

"그렇긴 하지만."

"염려 말고 날 따라와요. 마전함엔 나 말고 다른 정령들도 있고 로이스 님의 부하들도 있어요. 모두 좋은 분들이에요."

퓨리가 그렇게까지 말하자 타샤는 비로소 고개를 끄덕였다.

"그럼 부탁해요."

타샤는 퓨리의 뒤를 따라갔다. 붕이와 잉이도 그녀의 뒤를 헤엄쳐 왔다.

좌아아!

곧바로 퓨리는 타샤와 붕이, 잉이를 양팔로 안아 들고 갑판 위로 올랐다.

"이 아이들은 잠시 수조에서 쉬게 할게요. 갑갑하지만 그래도 물속이 좋겠죠. 수조는 내가 관리하고 있어 물이 아주 신선하니 걱정 말아요."

"배려 고마워요, 퓨리 님."

타샤는 수조 안에서 조금은 불안한 듯 헤엄치고 있는 붕이와 잉이를 달래며 미소 지었다.

그러자 아이리스와 로디아가 타샤의 앞으로 바람처럼 달려왔다.

"세상에! 인어라니!"

"어머! 정말 머메이드가 있었구나. 너무 예뻐요."

한 명은 황제의 누이동생이고 또 한명은 제국 최고의 천재 마법사였다. 그러나 지금 그녀들의 표정은 호기심 많은 평범한 소녀들과 다를 바 없었다.

그녀들은 라키아 대륙에서는 머메이드를 본 적이 없었다. 책이나 얘기로만 듣던 전설적인 존재를 눈으로 목격하게 되었으니 얼마나 신기하겠는가.

"난 아이리스예요. 마전함에 온 것을 환영해요."

"로디아랍니다. 여긴 안전하니 안심해요."

그녀들의 격한 환영에 타샤는 쑥스러운 듯 살짝 미소를 지었다.

"반가워요, 저는 타샤라고 해요. 그런데 지금 아즈검들이 잔뜩 몰려왔는데 정말 로이스 님은 괜찮을까요? 아즈검들의 껍질은 무척 단단해서 웬만한 공격으로는 흠집조차 나지 않아요."

"로드는 염려하지 말아요. 오히려 그분께 덤비는 저 아즈검이라는 괴수어들이 불쌍하게 느껴지는 걸요."

아이리스 등은 퓨리가 따로 설명하지 않아도 지금 무슨 일이 벌어졌는지 이미 알고 있었다.

특히 아이리스는 주시자의 눈이라는 능력을 통해 심상치

않은 괴수들이 마전함 근처로 접근하고 있음을 가장 먼저 눈치챈 터였다.

또한 로디아는 조종석 뒤에 붙여져 있는 지도를 통해 알았다. 마전함을 중심으로 지형이 갱신되는 이 지도는 근처에 적이 나타나면 붉은 점이 표시되기 때문이다.

동시에 이미 로이스가 그 붉은 점들이 있는 쪽으로 이동하고 있는 것도 보였다.

그녀들은 로이스가 당연히 이길 거라 생각해 걱정하지 않았다.

그래서인지 스텔라와 루니우스는 지금도 여전히 눈을 감고 심상 수련에만 몰두해 있었다.

그들은 로이스가 뭐라 명령하거나 혹은 그녀들 스스로 나서야 할 만큼 위급한 상황이 아니면 각자 자신들의 수련에만 몰두할 뿐이었다.

그러다 보니 머메이드 하나가 배에 올라왔다고 해서 딱히 그녀들의 관심을 끌지 못했다.

물론 라크아쓰 패거리는 우르르 몰려와 타샤가 부담스러워할 만큼 반갑게 인사를 했지만 말이다.

"케케케! 난 라크아쓰라고 하지요. 마전함에 오신 걸 환영합니다. 앞으로 뭐든 궁금한 게 있으면 나에게 물어봐요. 다른 분들보다 친절하게 답해 드리죠."

"아, 네."

*　　*　　*

한편 그때 로이스를 향해 거대 가재 형상의 괴수인 아즈검들이 접근해 왔다.

그것들의 속도는 로이스가 헤엄치는 속도보다 비할 수 없이 빨랐다. 그러다 보니 로이스는 순식간에 포위되고 말았다.

'물속이니 여러모로 불편한 게 많네.'

이동 속도가 느리다는 것은 전투에서 그만큼 불리하게 작용한다.

더구나 아즈검들은 입에서 가시 같은 것을 마구 쏟아 냈는데, 그것들 하나의 크기가 웬만한 창과 비슷할 정도였다.

그래도 로이스는 민첩하게 몸을 움직여 가시들을 피해 냈다.

동시에 하페온의 차크람을 날려 보냈다.

'아무리 물이라 해도 저것들이 차크람을 쉽게 피해 내진 못하겠지.'

물속의 저항은 공기와는 비할 수 없다. 그러다 보니 차크람의 회전 속도나 이동 속도가 그만큼 느려지게 된다. 비록 오러 블레이드가 생성되어 있을지라도 물속에서는 그 위력이 대폭 감소할 수밖에 없는 것이다.

슈우우! 슈슈슈슈—

그래도 36개의 차크람들이 물속을 누비는 장면은 가히 장관이었다.

카캉! 콰쾅! 카아앙! 콰콰쾅!

그러나 소리만 요란하게 날 뿐 차크람은 아즈검들의 딱딱한 껍질을 깨뜨리지 못했다. 아즈검들은 껍질에 약간씩 흠집만 나 있을 뿐 크게 타격을 받은 것 같지도 않았다.

'차크람을 튕겨 내? 보통 놈들이 아니군.'

이 차크람의 오러 블레이드는 보통의 오러 블레이드가 아니다. 파괴의 마력석이 부착되어 있는 만큼 그 파괴력이 상상을 초월한다.

그런데도 약간의 흠집만 난다?

로이스는 아즈검들이 결코 만만한 녀석들이 아님을 실감했다. 물속의 전투는 역시 전혀 다른 방법으로 접근해야 하는 것이다.

"쿠아아아아!"

"콰아아아!"

그때 차크람 공격을 받고 분노한 아즈검들이 거대한 포효를 지르며 달려들었다.

콰아아! 촤아아! 촤촤촤촤!

아즈검들의 날카로운 다리들이 움직이는 속도는 가히 소드 마스터들이 휘두르는 검 못지않았다.

그런 것들이 사방에서 날아든다.

로이스는 잽싸게 피하며 치크람들을 다시 날렸다.

아즈검들의 껍질이 불가사의하게 단단해 차크람으로 별 타격을 주지 못한다 해도 그것들을 견제하는 데는 효과가 있었다.

아즈검들의 복부는 맨살이 노출된 상태로 그곳에 차크람이 적중하게 되면 큰 타격을 받게 될 것이기 때문이다.

즉 차크람이 날아들면 아즈검들은 즉시 몸을 움츠리며 전신을 껍질로 보호해야 했다.

그사이 로이스는 마검 다켈을 빼 들고 근처로 접근한 아즈검 하나를 공격했다.

"쿠오오오!"

로이스가 접근하자 아즈검은 다리들을 마구 휘둘렀다. 동시에 입에서 뾰족한 촉수 같은 것을 뿜어냈다. 로이스는 그것들을 가볍게 검으로 쳐 내며 접근했다.

깡깡! 까각! 푸확!

네 개의 다리를 연달아 쳐 내고 촉수는 잘라 버렸다. 동시에 다켈의 검신이 아즈검의 복부를 가르고 지나갔다.

좌악!

"꾸어어억!"

아즈검이 괴성을 지르더니 축 늘어졌다.

콱! 좌악!

계속해서 로이스는 거침없이 아즈검들을 공격했다.

"꾸어억!"

"끄어어억!"

다시 두 마리의 아즈검들이 로이스의 검에 죽임을 당했다.

그러자 주변에 있던 수십여 마리의 아즈검들이 움찔 놀라더니 이내 사방으로 흩어지며 달아나기 시작했다.

"어딜 도망가느냐?"

로이스는 한 놈도 놓칠 수 없다는 생각에 쫓아갔지만, 어이없게도 단 한 놈도 잡을 수가 없었다.

"젠장! 무지 빠르잖아."

육지에서라면 몰라도 물속에서는 아즈검들을 쫓아갈 방법이 없었다.

물론 로이스가 계속 수영을 하면서 수영 단계를 높인다면 언젠가 따라잡긴 하겠지만 말이다.

'그나저나 레벨은 안 오르나?'

아즈검 세 마리를 처치했지만 여전히 레벨은 1. 물론 지금 로이스는 보통의 레벨 1이 아니라 상급 레벨 1이지만 말이다.

'보물 같은 것도 안 주네.'

마족들에 비해서는 약한 녀석들이긴 하지만 그래도 물속에서는 가히 마족에 버금갈 만한 전투력을 발휘하는 터라 뭐라도 주길 기대했는데.

그런데 그때 군주의 목걸이가 반짝였다.

[미스토스의 은총이 당신의 노력에 대한 보상을 줍니다.]

[당신은 수중 전투 전술을 각성했습니다.]

[이후로 수중에서 전투를 수행하기가 편해집니다.]

[당신의 수중 전투 전술이 1단계가 되었습니다.]

[당신의 수중 전투 전술이 2단계가 되었습니다.]

……

[당신의 수중 전투 전술이 5단계가 되었습니다.]

"오! 뭔가를 또 배웠어."

물속에서 아즈검 3마리를 처치했더니 수중 전투 전술이라는 것을 각성했다. 그것도 단번에 5단계로 상승했다.

* 수중 전투 전술(5단계)

—물속에서 전투를 수행하기 편해짐.

—단계가 오르면 물속의 이동 속도, 공격 속도, 수중 호흡 시간이 증가.

—각종 물 속성 마법이나 저주에 대한 저항이 증가.

—50단계를 달성 후 상급으로 각성하면 수중에서 육지와 동일한 수준의 전투를 할 수 있음.

"이 전술은 상급으로 꼭 올려놔야겠군."

상급으로 오르면 육지와 동일한 수준의 전투가 가능하다고 한다. 물속에서 아즈검들을 쫓아가 해치워도 될 만큼 빨라질 것이다.

좌아아아!

그때 마전함이 그의 앞으로 다가왔다. 아이리스가 갑판 위에서 외쳤다.

"로드! 이제 근처에 위협적인 존재는 없는 것 같아요. 어서 배로 올라오세요."

주시자의 눈을 통해 아즈검들이 멀리 도망간 것을 아이리스가 확인한 것이다.

로이스는 고개를 끄덕이고는 훌쩍 갑판 위로 뛰어오르며

말했다.

"라크아쓰! 저것들 중 하나를 배 위로 올려 봐."

"예, 로드."

라크아쓰는 부하 네이더들과 함께 거미줄을 던져 아즈검의 사체 하나를 갑판 위로 끌어올렸다.

몸통의 길이가 대략 3로빗(m) 정도 되었는데 날카로운 앞다리의 길이는 오히려 그보다 더 길었다.

로이스가 궁금한 것은 대체 이 아즈검의 껍질이 얼마나 단단한지의 여부였다. 물속에서 차크람을 튕겨 냈기 때문이다.

또한 앞의 다리들은 마검 다켈과 격돌하면서도 부러지지 않았다.

이는 단순히 다리가 단단한 것도 있지만 마나의 기운 때문이었다.

'괴수이지만 마나를 쓸 줄 아는 녀석들이었어. 그것도 아주 능숙하게 말이야.'

그사이 라크아쓰 등은 나머지 두 마리의 아즈검 사체들도 끌어 올렸다.

"이놈들을 어찌하실 겁니까요, 로드?"

"글쎄! 고민 중이야. 일단 얼마나 단단한지부터 확인해 봐야지."

로이스는 아즈검의 다리를 향해 차크람 하나를 날려 봤다.

서걱!

예상대로 다리는 무력하게 잘려 나갔다. 이는 역시 아즈검의 다리가 단단한 것이 아니라 아즈검이 마나의 기운을 통해 강하게 만들었음을 의미했다.

'그렇다면?'

이번에는 껍질이었다. 로이스는 또다시 차크람을 날려 봤다.

카앙!

그런데 놀랍게도 껍질은 수중에서처럼 약간의 흠집만 났을 뿐 차크람을 튕겨 내 버렸다.

그렇다면 저 껍질은 마나의 기운과 관계없이 본래 단단한 것이 분명했다.

한편 그 장면을 바라본 아이리스와 로디아 등도 깜짝 놀랐다.

"저 껍질로 갑옷이나 방패를 만들면 어떨까요?"

"단단하지만 무척 가벼우니 장비를 만들기엔 최고의 재료예요!"

그 말에 로이스는 미소를 지었다.

"만들 수 있으면 얼마든지 만들어 봐."

"네, 로드."

그런데 로디아는 이내 난감한 표정을 지었다.

"문제는 이걸 어떻게 자르냐는 거네요. 껍질만 떼어 내는 것도 쉽지 않겠어요."

"그러게요. 그게 문제이군요. 일정한 크기로 잘라야 할 텐데 그것도 쉽지 않아요."

오러 블레이드로도 자를 수 없으니 일정한 크기로 자르기 위해서는 특별한 장비가 필요할 것이다.

그러자 로이스가 뭘 고민하느냐는 듯한 표정을 짓더니 껍질을 그대로 잡아 뜯어 분리시켰다.

그리고는 주먹으로 탁 쳐서 껍질 한쪽을 부러뜨렸다.

검으로 칠 때는 흠집만 났는데 로이스가 맨손으로 하니 무슨 달걀 껍데기처럼 무력하게 부서졌다.

콰쾅! 우지직! 타악!

로이스는 계속해서 껍질을 일정한 크기로 부러뜨리기 시작했다. 그러다 힐끗 로디아를 쳐다봤다.

"이렇게 하면 되는 거야?"

"네, 되기야 되지만."

로디아와 아이리스는 로이스의 불가사의한 괴력을 보며 속으로 혀를 내둘렀다.

'세상에! 저게 그냥 손으로 치니 부러지네.'

‘정말 로드는 사람 맞을까?’

심지어 이쪽은 관심 없다는 듯 갑판 한쪽에서 심상 수련을 하고 있던 스텔라와 루니우스도 기겁할 정도였다.

그러나 그 누구도 놀라움을 겉으로 드러내지 않았다. 모두들 로이스가 맨손으로 뭔가를 하는 걸 매우 싫어한다는 것을 알고 있기 때문이다.

따라서 아이리스와 로디아도 과연 여기서 대단하다고 칭찬을 해야 할지 말아야 할지 판단이 서지 않아 그냥 미소만 지으며 쳐다봤다.

하지만 그녀들의 우려와 달리 로이스는 싸울 때 이외에는 맨손 작업이 별로 무식하다는 생각을 하지 않았다.

Chapter 10
고대 공간진

그때 머메이드 타샤가 안타까워하는 표정으로 말했다.

"아즈검의 껍질은 특수한 방법으로 벗겨야 손상되지 않아요. 껍질을 잘라 가공하는 것도 마찬가지죠. 그건 우리 머메이드들이 아니면 쉽지 않은 작업이에요."

타샤는 허공에 살짝 뜬 채로 마치 수영하듯 이동해 로이스 앞으로 다가갔다. 그리고는 로이스가 부러뜨려 놓은 껍질을 하나 들어 그녀의 창으로 가볍게 뚫어 보였다.

파악!

그러자 로이스는 물론이고 아이리스 등도 깜짝 놀랐다. 오러 블레이드에도 흠집만 났던 저 불가사의한 껍질이 저리 쉽게 뚫리다니! 눈으로 보면서도 믿기 힘들었다.

로이스가 물었다.

"어떻게 된 거지? 껍질이 왜 그리 약해진 거야?"

"당신은 정말 불가사의한 힘을 갖고 있군요. 이걸 힘으로 부러뜨리는 건 불가능하다고 알고 있는데 말이에요. 하지만 아무리 그렇다 해도 이걸 그냥 부러뜨리면 껍질이 가진 신비한 강도는 흩어져 버리고 말아요."

"그래서 창에 쉽게 뚫린 거군."

"그렇죠. 껍질의 강도를 그대로 살려서 장비를 만들려면 아주 특별한 방법이 필요해요. 그건 우리 머메이드들만이 할 수 있어요."

타샤는 자랑하듯 말했다. 로이스의 눈이 반짝였다.

"그걸 타샤 너도 할 수 있어?"

"가능은 해요. 다만 시간이 무척 오래 걸리죠. 아즈검의 껍질은 구하기도 어려운 만큼 취급도 어렵거든요. 매브왕의 내단이나 가죽 다음으로 난이도가 높은 작업이에요."

"매브왕의 내단? 그것도 꺼내는 방법이 따로 있는 거야?"

"물론이죠. 매브왕의 내단은 아주 희귀해요. 모든 매브왕들에게 내단이 있는 것이 아닌데, 설령 내단이 있다 해도 그것을 그냥 꺼내면 즉시 부서져 버리거든요. 그건 저도 할 수 없는 작업이에요.”

로이스는 한숨을 내쉬었다. 노스느크에게 외상을 갚는 일이 생각보다 쉽지 않을 것 같아서였다.

단순히 매브왕을 죽이는 건 별로 문제가 아닐 것이다.

문제는 어떻게 내단이 손상되지 않게 그것을 채취하느냐였다.

“그럼 매브왕의 내단을 구할 방법이 없는 거야? 내가 사실 그게 하나 필요하거든.”

그러자 타샤가 고개를 흔들었다.

“제가 알기로 그 능력을 가진 분은 머맨 왕이신 칼리스 님뿐이에요. 하지만 그분은 인간들을 별로 좋아하지 않죠.”

머맨은 남자 인어를 뜻한다. 여성 인어는 머메이드지만, 남성 인어는 머맨이라는 것쯤은 로이스도 잘 알고 있었다.

“일단 날 만나게 해 줘. 내가 직접 부탁해 볼게.”

“가서 말씀은 드려 볼게요.”

그 말과 함께 타샤는 갑판 위에 있는 나머지 두 마리의 아즈검 사체를 가리켰다.

“저대로 두면 껍질의 강도가 나빠지니 일단 벗겨 둘게요.”

타샤는 허리춤에 있는 초승달 모양의 작은 칼을 뽑아 들더니 그것으로 아즈검의 몸통에서 껍질을 분리하기 시작했다.

슥슥. 슥슥슥.

매우 능숙한 솜씨였다. 잠시 후 커다란 아즈검의 껍질 2개가 조금도 손상되지 않은 채로 분리되어 갑판 위에 가지런히 놓였다.

"다 됐어요. 장비를 위한 손질은 다음에 기회가 되면 도와 드릴게요."

"고마워."

로이스는 흐뭇하게 웃었다. 덕분에 강력한 방어구의 재료를 얻은 것이다.

"그럼 칼리스 님의 답을 듣고 다시 찾아올게요. 시간이 좀 걸릴 거예요. 궁전이 꽤 멀리에 있어서요."

"기다리고 있을게. 그리고 꼭 부탁해. 내게 매브왕의 내단은 꼭 필요하거든."

"최선을 다해 그분을 설득해 볼게요."

곧바로 타샤는 갑판에서 호수로 뛰어내리려 했다. 그러자 아이리스가 다급히 그녀를 말렸다.

"잠깐만요. 지금 이 마전함을 괴수어들이 빙 둘러 포위하고 있어요."

수면 위에서는 보이지 않지만 아이리스는 물속에서 괴

수어들이 마전함을 포위하듯 원형으로 포진하고 있는 것을 주시자의 눈을 통해 간파한 터였다.

"마마의 말씀대로예요. 대략 수백 마리쯤 되어 보이는군요."

로디아는 조종석의 지도를 참고해 로이스 앞에 입체 지도를 그려 주었다.

그것을 본 타샤는 기겁했다.

"괴수어들이 작정하고 몰려온 것 같아요. 어쩌죠?"

그러나 로이스는 담담히 팔짱을 낀 채 흥미롭다는 듯 말했다.

"그럼 나와 함께 가는 게 어때? 내가 저 녀석들로부터 널 지켜 주면 되잖아."

어차피 로이스가 없어도 괴수어들 따위는 마전함을 어쩌지 못한다.

또한 스텔라와 루니우스의 전투력이라면 괴수어들을 해치우는 것도 어려운 일이 아니었다. 거기에 로디아가 마법으로 합세하면 아마도 수백 마리쯤 전멸시키는 것도 가능할 것이다.

따라서 로이스는 잠시 마전함을 이대로 두고 머맨 왕 칼리스가 있다는 인어국의 왕궁에 한번 따라가 보고 싶었다.

이 거대한 호수의 어딘가에 인어들이 살고 있는 나라와

왕궁이 있고, 그곳의 왕이 있다는 것이 신기했다.

과연 인어국 왕궁이 얼마나 멋진 곳인지도 궁금했고, 또한 머맨 왕에게 매브왕의 내단을 구해 달라는 부탁도 직접 해 볼 생각이었다.

그러자 아이리스와 로디아가 서운하다는 표정을 지으며 말했다.

"로드! 마전함은 잠수도 가능해요."

"설마 우린 두고 혼자만 가실 건 아니죠?"

심상 수련 중인 스텔라와 루니우스도 어느새 두 눈을 번쩍 뜨고 로이스를 쳐다보고 있었다.

말은 안 하지만 그녀들도 따라가고 싶은 기색이 역력했다.

로이스는 흔쾌히 고개를 끄덕였다.

"하긴. 마전함이 잠수도 가능하다면 다 같이 못 갈 것도 없어."

이번 기회에 과연 잠수 기능이 어느 정도로 뛰어난지 한번 체험해 보는 게 좋을 것이다.

그러자 타샤는 고개를 갸웃했다.

"정말 이 배가 물속으로 들어갈 수 있나요?"

그녀의 상식으로는 잘 이해가 안 되는 모양이었다. 로디아가 빙긋 웃었다.

"이제 그걸 보여 줄게요. 놀라지 말아요."

그 순간 마전함 갑판 위로 솟은 돛들이 그대로 접히더니 사라졌다. 곧바로 마전함의 갑판 전체를 투명한 실드가 뒤덮었다. 동시에 마전함의 외형이 변하기 시작했다.

쿠구구궁. 스스스. 처처처척.

잠시 후 마전함은 범선의 형태에서 유선형의 거대 함선으로 변신했다.

"와!"

이에 두 눈이 휘둥그레진 타샤를 보며 로디아가 어깨를 으쓱했다.

"어때요?"

"멋지긴 해요. 하지만 왕궁이 있는 곳은 수심이 매우 깊은데 과연 이 배가 버틸 수 있을까요? 호수 아주 깊숙한 곳까지 내려가야 하거든요."

머메이드와 머맨과 같은 인어족의 신체는 수압에 아무런 영향을 받지 않은 터라 설사 심해의 바닥으로 내려가도 멀쩡했다.

그러나 인간들은 다르다. 이 배 또한 압력을 견디지 못하면 부서져 버리고 말 것이다.

로디아가 걱정 말라며 미소 지었다.

"이 마전함은 얼티메이트 마나 실드가 세 겹이나 펼쳐져 있어 설사 심해의 바닥으로 잠수한다 해도 끄떡없어요."

더불어 유사시 마법 결계가 파괴되면 그 즉시 미스토스 결계가 펼쳐지게 된다.

"정말 그렇다면 무리가 없겠군요."

"이제 이 입체 지도를 보면서 왕궁으로 가는 방향을 알려 주세요."

"이쪽이에요."

타샤가 지도의 한쪽을 가리키자 마전함은 그 즉시 그쪽으로 방향을 틀어 이동을 시작했다.

촤아아아—

그렇게 거대한 마전함이 수중에서 이동하자 괴수어들은 일순 놀란 듯 사방으로 흩어졌다.

그러나 그것도 잠시일 뿐 여전히 마전함을 멀리서 포위한 상태 그대로 따라오는 것이었다.

로이스가 인상을 찌푸렸다.

"저것들이 영 거슬리는군. 나가서 해치워 버려야겠어."

그러나 문제는 로이스가 접근하는 순간 괴수어들이 일제히 달아나 버린다는 데 있었다.

그러자 로디아가 로이스의 고민을 읽은 듯 빙긋 미소 지었다.

"염려 마세요. 마전함의 속도를 높이면 저것들을 따돌릴 수 있어요."

"그래?"

"마정석의 마나가 좀 더 많이 소모되긴 하지만 충분히 가능해요."

"그럼 따돌리지 말고 저놈들 쪽으로 돌진해. 몇 놈 손을 봐 주고 가야겠어."

마전함의 속도가 괴수어들보다 빠르다면 그것들을 따돌리는 것뿐 아니라 쫓아가는 것도 가능하다는 얘기다.

그것을 이용해 로이스는 괴수어 몇 마리를 따라잡아 해치워 버릴 생각이었다.

"저놈이 좋겠군."

로이스는 마전함의 오른쪽을 가리켰다. 그곳엔 가재형 괴수인 아즈검들과 함께 거대한 뱀 형상의 괴수도 하나 있었다.

머리에 세 개의 뿔을 가진 그 뱀의 크기는 아즈검들의 몇 배나 되었다.

"저놈은 매브왕이 분명해. 노스느크가 알려 준 대로야."

그러자 타샤가 흠칫 놀라며 그쪽을 바라보고는 고개를 끄덕였다.

"맞아요. 매브왕이에요. 바로 저 매브왕이 이곳에 있는 모든 아즈검들을 통솔하고 있어요."

"그럼 더욱 잘됐어. 로디아, 마전함을 저쪽으로 돌진시켜."

"네, 로드."

순간 마전함이 오른쪽으로 방향을 틀었다. 동시에 마치 시위에서 벗어난 화살처럼 임칭난 속도로 돌진했다.

슈우우우!

그때 마전함의 선수에 뾰족한 충각이 튀어나왔다.

푸르스름한 오러의 빛에 휩싸인 충각은 그 길이만 20로빗은 되어 보였다.

로디아가 순간 의미심장한 미소를 지었다. 이 특별한 충각은 무려 12만 베카라는 엄청난 재료값이 나오게 만드는 데 아주 큰 기여를 한 것 중 하나였으니까.

"드디어 이걸 써 보는군요. 과연 위력이 어떨지 궁금했어요."

특히 마전함의 충각에는 상대의 방어력을 무시하고 피해를 주는 얼티메이트 디스트로이라는 파괴적인 마법도 걸어져 있다.

따라서 제대로 적중하면 소드마스터의 오러 블레이드보다 훨씬 파괴적인 위력을 주게 된다.

물론 한 번 공격에 많은 마나가 소모되는 단점이 있지만, 그래도 마전함 자체로 펼칠 수 있는 아주 강력한 필살기 중 하나였다.

거대한 마전함의 무게, 그리고 가공스러운 속도까지 더해지면 그 파괴력은 상상을 초월하리라.

마치 말 위에서 랜스를 들고 달리는 기사의 차지 공격처럼 말이다.

파아아악—!

아니나 다를까, 하페온의 차크람도 튕겨 내 버렸던 아즈검들의 강력한 껍질이 충각 앞에 무력하게 부서졌다.

파악! 파아악!

"꾸어어억!"

"꿰에엑!"

무려 세 마리의 아즈검들이 충각에 마치 꼬치처럼 꿰어져 버렸다.

그러나 매브왕은 마치 순간 이동을 하듯 옆으로 피해 충각의 공격에서 벗어났다.

매브왕을 노렸지만 그 앞의 애꿎은 아즈검들만 충각에 당한 것이다.

"와아! 대단해요!"

"호호, 멋져! 한 방에 세 마리라니!"

그때 아이리스 등은 환호했다. 생각보다 마전함의 충각이 강력한 위력을 발휘했기 때문이다.

물론 로이스나 루니우스가 직접 공격을 펼치면 그에 비할 수 없이 강한 위력을 보여 주겠지만, 마전함 자체의 능력만으로 괴수어 세 마리를 한 번에 해치운 것은 상당한 의미가 있었다.

유사시 로디아가 직접 지시하지 않아도 마전함이 자체적으로 전투를 벌여 괴수어들을 해치울 수 있기 때문이다.

마정석의 마나가 충분하다는 전제하에 연속으로 충각 공격을 펼치면 수백 마리를 전멸시키는 것도 충분히 가능한 일이니까.

다만 한 가지 단점이 있다면, 로이스가 직접 사냥하는 것과 달리 충각에 꿰여 버린 아즈검들은 이내 얼티메이트 디스트로이의 파괴력을 못 이기고 부서져 버린다는 것!

충각으로 해치우면 아즈검의 껍질을 부수입으로 챙길 수 없다는 뜻이었다.

"후후, 너는 내가 상대해 주마."

한편 그사이 로이스는 마전함에서 나와 매브왕을 향해 돌진했다.

"쿠우우우우우!"

로이스가 접근하자 매브왕이 포효를 질렀다. 소리가 얼마나 큰지 아즈검들조차 움찔 놀랄 정도였다.

그러나 로이스는 눈 하나 깜빡하지 않았다.

오히려 로이스의 차가운 눈빛 앞에 매브왕이 살짝 놀라는 기색이었다.

—너희들은 누구냐?

그와 함께 들려오는 매브왕의 음성! 인간인 로이스가 언어와 상관없이 알아들을 수 있도록 뜻으로 풀어서 전해지는 특별한 마법이었다.
사실 로이스에게는 굳이 이런 식으로 풀어 주지 않아도 다 알아듣는 능력이 있다. 그러나 매브왕이 그 같은 사실을 알 리 없었다.

—어찌 수중 세계의 일에 인간들이 간섭하는 것이냐?

로이스는 가소롭다는 듯 웃었다.
"글쎄! 난 간섭한 적 없어. 너희들이 날 쫓아오기에 손을 봐 주려고 할 뿐이지."
로이스가 나올 때 퓨리가 재빨리 입김을 불어 주었기에 물에서 숨을 쉬는 것은 물론 말을 하는 것도 편했다.

—당장 머메이드를 내놓고 호수를 떠나라. 분수를 모르

고 계속 수중 세계의 일에 간섭한다면 너와 너의 동료들은 이곳에서 우리 그롤족을 분노케 한 대가를 철저히 받게 될 것이다.

"그롤족?"

—그렇다. 모든 수중 세계의 종족은 우리 그롤들의 지배를 받아야 한다. 하나, 가증스럽게도 인어족은 그것을 거부하였으니 죽음의 징벌을 받아야 할 것이다.

딱 들어보니 매브왕과 아즈검이라는 괴수어들이 바로 그롤이라는 기괴한 이름의 종족이었다. 그들이 이 호수 세계를 지배하기 위해 인어족을 괴롭히고 있는 것이 분명했다.

로이스에게 순순히 머메이드를 내놓으면 살려 주겠다 말하지만, 저 사악하게 번들거리는 눈빛을 보면 전혀 그럴 마음이 없다는 것을 어린아이라도 알아볼 수 있으리라.

물론 정말로 도망가면 살려 준다 해도 그에 따를 로이스가 아니었지만.

—무엇을 망설이느냐? 어서 머메이드를 내놓고 떠나라. 또한 우리 용맹한 전사들을 죽였으니 그에 응당한 배상도

해야 할 것이다.

“배상?”

—너희는 감히 여섯이나 되는 그롤 전사들을 죽였다. 그러니 너희들 중 여섯이 마땅히 희생되어야 할 것이다.

배상의 대가로 로이스 일행 중 여섯 명을 내놓으라는 것이다. 결국 다 죽이겠다는 소리였다.

로이스는 못마땅한 표정으로 매브왕을 노려봤다.

“헛소리는 집어치우고 내단 하나만 내놔. 그럼 넌 특별히 살려 줄게.”

과연 내단이 없이도 살 수 있을지는 모르지만, 어쨌든 정말로 스스로 내단을 바친다면 기특하다 여겨 살려 줄 용의는 있었다.

그러자 매브왕이 기막혀하는 표정을 짓더니 로이스를 잡아먹을 듯 노려봤다.

“쿠우우우우우!”

곧바로 매브왕은 거대한 포효를 내질렀다. 피처럼 붉은 두 홍채에서는 불이라도 피어나는 듯했다. 멀리 마전함에서 매브왕의 그 눈빛을 본 아이리스 등도 순간 심장이 철렁

할 정도였다.

—감히! 지금 내단이라 하였느냐? 쿠쿠쿠쿡! 무도한 인간이여! 이것으로 네놈의 운명은 결정되었다. 너와 네 동료들의 살과 피로 오늘 우리 그롤족의 배를 채울 것이다.

"시끄러워! 내단을 내놓지 않겠다면 내가 직접 꺼내 주마."

—닥쳐라. 이제 수중 세계에서 우리 그롤족이 어떤 존재인지 네놈은 처절히 깨닫게 될 것이다.

그 말과 함께 매브왕이 입으로 뭐라 알 수 없는 주문을 외우기 시작했다. 뭔가 마법을 펼치려는 것이 분명했다.

그런 걸 그대로 지켜보고 있을 로이스가 아니었다.

"쓸데없는 짓하지 말고 그만 죽어랏!"

로이스는 잽싸게 돌진해 매브왕의 목을 마검으로 갈라 버렸다.

휘익!

그러나 매브왕은 로이스가 그곳을 공격할 줄 알았다는 듯 미리 뒤로 빠져 공격을 피했다. 그 속도는 흡사 물의 저항을 전혀 받지 않는 것처럼 빨랐다.

'뭐가 이렇게 빨라?'

매브왕에 비하면 아즈검들은 느리다고 봐야 할 정도였다.

그런데 그사이 아즈검들이 로이스를 육면에서 포위했다. 전후좌우! 게다가 위와 아래까지!

각 방위마다 서너 마리씩, 그것도 매우 질서 정연한 대열을 갖춘 상태였는데, 어느 순간부터 그대로 회전하기 시작했다.

콰아아―

그 순간 로이스는 갑자기 몸이 무거워지는 느낌을 받았다.

'뭐지? 이건?'

이는 단순한 마법이 아니었다. 그롤들이 기괴한 방향으로 움직이며 알 수 없는 조화를 부리고 있는 것이다.

콰콰콰콰―

물의 저항이 거세지며 로이스의 움직임을 느리게 만들뿐 아니라 시각이나 청각과 같은 몸의 감각도 둔화되게 만들었다.

―쿠쿠쿠쿠! 건방진 인간 놈! 네놈이 육지에서는 제법 대

단한 능력을 가지고 있을지 모르지만 이곳은 수중이다. 설령 마족들이라 해도 수중 세계에서는 우리 그롤족에게 한 수 양보를 하고 있다는 말이다.

그 순간 마전함에서 그 상황을 지켜보고 있던 아이리스와 로디아가 두 눈에 이채를 발했다.

"저건 말로만 듣던 고대의 공간진이 분명해. 일반적인 마법진이 아닌 구성원들의 마나를 이용해 공간을 장악한다는 그 전설의 진법."

"네, 마마도 눈치채셨군요. 고대의 전설적인 진법을 괴수어들이 펼치다니 놀랍네요."

"로드께서 저 정도에 곤란해하시진 않겠지만 우리도 지켜볼 수만은 없겠지. 여길 공격하면 공간진은 깨질 거야."

아이리스는 입체 지도의 한쪽을 손가락으로 가리켰다. 로이스의 위쪽 방향에 위치한 아즈검들을 공격하라는 뜻.

로디아가 미소 지었다.

"네, 그곳이 급소이죠."

그 말이 끝나는 순간 마전함에서 찬란한 광채가 일더니 다섯 개의 창이 쏘아져 나갔다.

콰악! 콰아악—

물살을 가르는 창들에는 짙푸른 오러가 맺혀 있었다. 역시나 얼티메이트 디스트로이 마법이 펼쳐져 있는 상태였지만, 충각에 비하면 그 위력이 그리 강하지는 않았다.

팍! 파팍! 파파팍!

역시나 창들은 아즈검들의 껍질을 뚫지 못했다. 다만 제법 타격을 주었는지 껍질이 움푹 파여 있었다.

"끄억!"

"꾸으윽!"

아즈검들이 비명을 토하며 몸부림쳤다. 곧바로 아무렇지도 않은 듯 다시 진정되었지만, 몸부림을 치는 사이에 공간진을 이루는 궤도를 이탈해 진법이 깨어져 버렸다.

로이스는 다시 몸이 가벼워진 것을 느끼고는 씩 웃었다.

"부하들이 있으니 편하긴 하군."

물론 몸이 좀 무거워졌다고 해서 아즈검들 따위에 당할 로이스는 아니었지만, 그래도 적의 간교한 술책을 단번에 알아채 파훼해 버리는 부하들이 있는 것이 왠지 든든했다.

푸확! 콰악! 서걱—!

그리고 로이스는 이 순간의 틈을 놓치지 않았다.

공간진이 깨어지는 순간 다른 아즈검들도 잠시 당황해 로이스 앞에 빈틈을 내어 보였기 때문이다.

"끄아아아악!"

"꾸어어억!"

이미 그것들의 약점을 잘 알고 있는 로이스는 곧바로 전방에 있던 아즈검 일곱 마리를 단숨에 해치워 버렸다.

두 마리는 마검으로, 나머지 다섯 마리는 차크람으로 복부를 베어 버렸다.

이는 그야말로 눈 깜짝할 사이에 벌어진 일이었다.

한 손 검으로 펼치는 필살기인 절호의 일격!

수중이라 해도 그 위력은 크게 떨어지지 않았다.

로이스가 그림자 분신을 쏘아 보내자, 그들은 순간 분신의 공격에 정신을 빼앗겼다.

그사이 투명화 상태로 그것들의 후면으로 이동한 로이스가 마검을 휘두름과 동시에 차크람도 날려 보내 단번에 일곱 마리를 해치워 버린 것이다.

[레벨이 올랐습니다.]

[당신의 레벨이 상급 2가 되었습니다.]

[당신의 전투력이 대폭 상승합니다.]

[당신의 최대 맷집과 최대 미흐가 대폭 상승합니다.]

이름 [로이스]

레벨 [상급 2]

칭호 [마검 다켈의 주인]

신분 [미스토스 상급 기사]

맷집 11080/11080

미흐 13060/13060 (11060+2000)

"이건!"

로이스는 깜짝 놀랐다. 단순히 레벨이 한 단계 오른 것 때문에 놀란 것이 아니었다.

가히 중급 마족의 수준에 버금가는 아즈검들을 일곱 마리나 해치웠다. 아까 위에서 해치운 것과 합치면 열 마리나 되니 지금쯤 레벨이 오르는 것은 무리가 아니었다.

그리고 레벨이 오르면 로이스의 전투력은 증가한다.

힘이 세질 뿐만 아니라 민첩성도 증가하며 신체의 모든 감각도 이전보다 뛰어나진다.

전투 감각 자체가 한 단계 위로 상승하기 때문이다.

그건 매번 레벨이 오를 때마다 체감했던 바였다.

지금도 마찬가지였다.

그러나 그 체감의 정도가 이전과는 차원이 달랐다.

말 그대로 엄청나게 강해졌다는 느낌이 드는 것이었다.

굳이 표현하자면 레벨이 한 10단계는 증가한 것 같은 느낌말이다.

그러나 로이스의 레벨은 고작 1단계만 증가했을 뿐이다.

상급 1레벨에서 상급 2레벨로!

비로소 로이스는 미스토스 상급 기사가 된 것 때문임을 알았다.

'후후, 상급 기사가 되니까 뭐가 달라도 다르구나.'

레벨이 오른 것만으로도 이토록 강해질 줄이야.

'그렇다면 저놈들을 한 놈도 놔줄 수 없지.'

이전보다도 레벨을 올려야겠다는 욕구가 더욱 강해진 로이스였다.

이곳에 있는 아즈검들을 모조리 해치운다면 레벨이 두세 단계는 더 오를 것이다.

[당신의 한 손 검 전술이 49단계가 되었습니다.]

[당신의 차크람 전술이 22단계가 되었습니다.]

[당신의 한 손 검 × 차크람 전술이 12단계가 되었습니다.]

[당신의 한 손 검 기술인 절호의 일격이 18단계가 되었습니다.]

[당신의 수중 전투 전술이 8단계가 되었습니다.]

그사이 계속해서 전술과 기술의 단계들이 상승했다는 글

자들도 나타났다.

이는 레벨과 별도로 로이스의 전투력이 강해졌음을 의미했다.

로이스는 흐뭇하게 미소 지었다.

'한 손 검 전술이 드디어 올랐구나.'

한동안 아무리 수련을 해도 좀처럼 오르지 않았는데, 역시나 수련보다는 실전이 최고였다.

조만간 한 손 검 전술이 50단계가 되면 상급 1레벨로 새로이 각성할 수 있게 될 것이다.

그때가 되면 지금보다 더욱 강력한 검술을 펼칠 수 있을 테니 왠지 기대가 되었다.

그런데 그렇게 로이스가 순식간에 전방의 아즈검들을 해치워 버리자 이에 놀란 아즈검들은 멀리 달아나 버렸다.

동시에 그사이 매브왕이 다시 뭐라 주문을 외우자 멀리에 있던 수백 마리의 아즈검들이 기괴한 진형을 이루며 마전함과 로이스를 각각 포위했다.

마전함 주위로 대략 300여 마리의 아즈검들이 공간진을 펼쳤고, 동시에 로이스를 100여 마리의 아즈검들이 포위하며 공간진을 펼친 것이다.

—쿠쿠쿠쿡! 네놈이 인간치고는 꽤 강력한 건 인정한다.

하나 그래 봤자 우리 앞에서는 잔재주에 불과할 뿐이다. 이제 그롤족의 진정한 위대함을 보여 주마.

매브왕의 두 눈이 시커멓게 번쩍이는 순간 로이스는 다시 전신이 무거워지기 시작했다.

'이건 아까보다 더 심하군.'

아즈검들의 숫자가 많을수록 공간진의 위력은 강해진다.

아까보다 두 배나 많은 숫자의 아즈검들이 로이스를 향해 공간진을 펼치자 마치 어깨 위를 거대한 바위가 짓누르는 듯한 느낌이 들 정도였다.

Chapter 11
통찰의 눈

마찬가지로 마전함 역시 비슷한 상황에 처하고 말았다.

무려 300여 마리나 되는 아즈검들이 펼친 공간진의 위력은 가공했다.

순간적으로 가해진 강력한 압력에 의해 마전함을 둘러싼 세 겹의 얼티메이트 실드 중 한 겹이 찢겨져 버렸고, 나머지 두 겹도 위태해진 것이다.

이대로라면 마전함이 찌그러져 버릴 수도 있었다.

결국 미스토스를 소모해 방어 결계를 펼친 후에야 마전함은 안전해졌다.

그러나 어디까지나 방어 결계일 뿐이었다.

마전함을 둘러싼 공간진이 주는 강력한 압력은 지속되고 있었고, 그로 인한 미스토스의 소모도 빨라졌다.

이대로 며칠 이상의 시간이 지나면 퓨리가 위임받은 1카퍼스의 미스토스도 소진되고 말 것이다. 물론 로디아에게도 1카퍼스가 위임된 터라 추가로 버틸 수는 있겠지만, 무작정 시간을 끄는 건 현명한 일이 아니었다.

방법은 공간진을 깨뜨리는 것뿐이었다. 그것을 위해서는 공간진의 약점이나 급소를 찾아내야 했다.

그러나 300여 마리의 아즈검들이 제각기 방위를 점하며 동시에 조금씩 위치를 변경하고 있어 그 복잡함이 아까와는 비할 바가 아니었다.

"이런 건 처음 보네. 저 많은 괴수어들 모두가 제각기 마구 움직이는데 포위망은 물론 공간진도 완벽하게 유지하고 있어."

시종 침착하던 아이리스의 안색이 살짝 굳어 있었다. 로디아 역시 마찬가지였다. 그녀의 천재적인 두뇌로도 단번에 저 공간진을 깨뜨릴 방법을 찾아내기란 불가능했다.

"불규칙적으로 움직이지만 규칙이 있다는 뜻이죠. 그래서 더욱 복잡해요. 이걸 풀어내려면 최소한 사흘, 아니 그 이상이 걸릴지도 모르겠군요."

그런데 그때 아이리스가 돌연 두 눈을 반짝였다.

"잘하면 금세 알아낼 수도 있겠구나."

"어떻게요?"

"그냥 느낌이야. 말로 표현할 수 없는 어떤 직감."

그러자 로디아가 눈을 반짝였다.

"직감? 그럼 혹시 그 전략가의 두루마리가 주는 지혜인가요?"

"맞아. 바로 그거야."

아이리스가 푸는 방식은 로디아처럼 수학적인 분석법이 아니었다.

전략의 두루마리로부터 받은 주시자의 눈에 이어 새로이 주어진 통찰의 눈!

그 또한 로이스의 부하가 된 그녀에게 주어진 성장의 선물이었다.

그 신비한 통찰의 눈이 그녀로 하여금 어둠 속의 빛처럼 공간진을 파훼할 해법을 알려 주고 있었던 것이다.

복잡하게 움직이는 수백 개의 흐름 중 유독 눈에 들어오는 하나의 흐름이 보였다.

"바로 저쪽이야. 어서 저곳을 공격해."

무엇 때문인지는 알 수 없다.

논리적으로 공간진을 분석해 그 약점을 찾아낸 것이 아니라 그냥 직감이 시키는 대로 지시한 것이었다. 물론 무작정 때려 맞힌 것이 아니라 통찰의 눈이 주는 직감!

"네, 마마. 바로 공격하겠어요."

로디아 또한 아이리스가 가진 특별한 능력을 믿었기에 이유를 묻지 않고 즉각 공격에 나섰다.

슈우우—!

곧바로 마전함에서 하나의 창이 쏘아져 나갔다. 목표는 방금 전 아이리스가 지정한 위치에 있는 아즈검 한 마리였다.

콰앙!

창이 아즈검에 적중하자 우레와 같은 폭음이 울렸다.

"꾸으윽!"

아즈검이 입에서 피를 토하며 뒤로 쭉 물러났다. 그것이 죽은 것도 아니라 그저 자리를 이탈할 것뿐이었는데, 그 순간 마전함을 짓누르던 압력이 감쪽같이 사라졌다.

"마마, 성공이에요!"

로디아가 환호했다.

그때 마전함의 갑판 위에서 묵묵히 상황을 살피던 루니우스가 반쯤 뽑았던 검을 다시 검집에 넣었다.

'마마께서 방법을 찾아내셨으니 내가 굳이 나서지 않아도 될 것 같구나.'

그녀는 방금 전 혹시라도 공간진이 깨지지 않을 때를 대비해 직접 검격을 날리려 했다.

성장의 선물로 주어진 수련의 서!

그곳에서 만난 그림자 스승의 가르침 하나를 심상 수련을 통해 깨우친 그녀는 이전의 절대공검보다 더 강력한 초식을 펼칠 수 있게 됐다.

이른바 초월의 검!

아직 입문에 불과하지만, 그 공격이라면 그녀가 전력을 다할 경우 어느 곳을 향해 검을 날려도 공간을 두 쪽 내 버릴 수 있었다.

그만큼 그녀는 강해졌다.

그랜드 마스터에서 한 단계 위로 올랐으니, 엄밀히 말하면 중급 그랜드 마스터나 혹은 상급 그랜드 마스터라 말할 수 있으리라.

그러나 루니우스는 굳이 그런 표현에 연연하지 않았다.

그래 봤자 고작 한 걸음 더 디딘 것뿐이다.

앞으로 얼마나 많은 경지가 앞에 있을지 알 수 없으니 벌써부터 뭔가를 이룬 것처럼 호들갑을 떨고 싶지 않았다.

본래도 남들 앞에 나서는 것을 별로 좋아하지 않는 그녀였기에 조용히 뒤로 물러나 아이리스와 로디아가 적들을 퇴치하는 것을 지켜봤다.

"공간진이 깨지자 괴수어들이 허둥대고 있어요."

로디아가 다시 환호했다. 아이리스는 그럴 줄 알았다는

듯 담담히 미소 지으며 또 한쪽을 가리켰다.

"이번엔 반대쪽이야! 서둘러야 해. 안 그럼 괴수어들이 금세 공간진의 자리를 찾아갈 거야."

"네, 마마. 염려 마세요."

아이리스가 가리킨 방향을 향해 나시 창이 날아갔고 또 한 마리의 아즈검이 입에서 피를 토하며 뒤로 밀려났다.

"꾸악!"

그 순간 공간진은 완전히 와해되었다. 수백 마리의 아즈검들이 혼란에 빠져 서로 부딪히기도 하는 등 난장판이었다.

이에 놀란 것은 그들을 조종하던 매브왕이었다.

'크으으! 저럴 수가! 어둠의 대공간진을 깨뜨리다니!'

그는 도무지 믿을 수 없었다. 어둠의 대공간진은 오직 그롤족 지배족인 매브왕들만이 알고 있는 비전 중의 비전이다.

일단 대공간진에 갇히면 외부의 도움 없이는 빠져나오기가 극히 어렵다고 알려져 있는데, 정체불명의 인간들이 조종하는 괴상한 잠수선에 의해 그것이 무력하게 흩어져 버린 것이다.

그로 인해 300여 마리의 아즈검들은 혼란에 빠져 허둥대고 있었다.

그러나 지금 매브왕은 그것에 신경 쓸 때가 아니었다.

어둠의 대공간진 보다는 약하지만 그래도 일개인의 힘으

로는 절대 대항할 수 없는 어둠의 소공간진이 너무도 쉽게 깨지고 있었기 때문이다.

그것도 매브왕이 도저히 상상도 해 본 적이 없는 무식한 방법이었다.

'으으! 말이 안 되는 일이다. 어찌 주먹으로 공간진을 깨뜨린다는 말인가?'

로이스는 다시금 괴상한 압력이 자신을 짓누르자 결국 분노하고 말았다. 더 이상 검이나 차크람으로는 어쩔 수 없다는 생각이 들자 과감하게 그것들을 회수한 후 그대로 전방의 공간을 주먹으로 후려쳤다.

콰앙!

그냥 물을 후려쳤을 뿐인데, 그 지점을 중심으로 강력한 충격파가 형성되어 전방의 아즈검 두 마리를 덮쳤다.

"꾸아아악!"

"끄아악!"

그것이 끝이었다. 아즈검들은 그대로 즉사했다.

그사이 로이스는 연거푸 주먹을 휘둘렀고 순식간에 아즈검 세 마리가 또 죽임을 당했다.

이에 놀란 매브왕이 기겁하며 달아나려 하자 로이스는 어림없다는 듯 마검 다켈을 집어던지며 외쳤다.

"다켈, 저놈을 공격해라. 죽이지 말고 내 앞으로 몰고 와."

"예, 로드. 맡겨 주십시오!"

결계에서 이곳으로 소환된 적발의 사내 다켈은 기다렸다는 듯 매브왕을 향해 이동했다.

로이스가 미흐의 힘을 끌어올려 집어 던진 덕분에 다켈은 순식간에 매브왕을 따라잡았고, 그 즉시 검을 휘둘러 매브왕을 만신창이로 만들어 버렸다.

검술의 경지로 따지면 다켈 역시 그랜드 마스터에 이른 터라 매브왕은 다켈을 당해 내지 못했다. 그래서 매브왕은 엉망이 된 몸을 끌고 필사적으로 도주했지만, 하필 그곳은 로이스가 있는 곳이었다.

퍽!

로이스의 주먹이 매브왕을 툭 후려치자 그것은 맥없이 축 늘어졌다. 한 방에 그대로 즉사였다.

[미스토스의 은총이 당신의 노력에 대한 보상을 줍니다.]

[레벨이 올랐습니다.]

[당신의 레벨이 상급 3이 되었습니다.]

[당신의 전투력이 대폭 상승했습니다.]

[당신의 최대 맷집과 최대 미흐가 대폭 상승했습니다.]

그사이 해치운 10여 마리의 아즈검들에 이어 매브왕까지 처치하고 나자 역시나 레벨이 한 단계 상승해 상급 3레벨이 되었다.

[당신의 수중 전투 전술이 11단계가 되었습니다.]

동시에 수중 전투 전술도 다시 3단계 상승해 11단계였다.

그만큼 또 강해진 것이다.

아쉽게도 그사이 다른 아즈검들은 이미 멀리 도주하여 시야에서도 보이지 않았다.

마전함을 포위했던 아즈검들도 마찬가지였다.

안 그래도 아이리스 등이 대공간진을 깨뜨리자 혼란에 빠진 터였는데, 거기에 자신들을 지휘하던 매브왕이 죽임을 당하자 전의를 상실하고 도주한 것이다.

꽈악.

로이스는 머리가 무참히 박살 난 매브왕의 사체를 한손으로 꽉 쥔 채 마전함을 향해 헤엄쳐 왔다.

그러자 곧바로 마전함이 다가와 로이스를 태웠다.

"로드! 매브왕을 잡으셨군요. 정말 대단해요!"

"너희들이야말로 수고했어. 창 한 방으로 아즈검들을 혼란에 빠지게 만들다니 말이야."

"호호, 로드에 비하면 아무것도 아니죠."

아이리스 등은 칭찬을 받은 것이 기쁜지 활짝 웃었다. 로이스는 미소 지었다.

사실 그는 격전의 와중에도 마전함이 무사한지 살피고 있었다. 수백 마리의 아즈검들에 둘러싸인 상태에서도 아이리스 등이 침착하게 대응하는 모습을 보고 무척 흐뭇했던 것이다.

한편 머메이드 타샤는 지금 벌어진 상황을 보며 도무지 입을 다물지 못했다.

'세상에! 보면서도 믿어지지 않는구나.'

마전함은 수백 마리의 아즈검들을 패퇴시켰고, 로이스는 혼자서 매브왕을 해치워 잡아 왔다.

꿈속에서나 벌어질 법한 기막힌 일이었다.

특히나 그녀는 자신의 발아래서 무참히 뻗어 있는 매브왕의 사체를 보며 경악을 감추지 못했다.

지금껏 인어족의 전사들 중 매브왕을 잡은 이는 전대 여왕 카타리나 외에는 없었기 때문이다.

그때 로이스가 타샤를 향해 말했다.

"이제 이놈의 내단을 빼야 해."

"그냥 빼면 사라지고 말아요."

"그럼 어서 머맨 왕이 있는 곳으로 가자. 그에게 부탁해 봐야겠어."

"네."

이제는 걸리적거리는 녀석들도 사라지고 없었다. 마전함은 타샤가 가리키는 방향으로 빠르게 이동했다. 그사이 로디아는 흩어진 얼티메이트 실드를 복구하는 등 마전함을 정비했다.

좌아아아—

그 이후 마전함은 한참을 이동했다.

호수의 수면은 바다처럼 평평했지만 수중 세계의 지형은 지상과 다를 바 없이 복잡했다.

절벽과 같은 지형들을 지나 알 수 없는 동굴도 십여 개나 통과했다.

하나의 동굴을 통과하면 새로운 호수가 나오고, 그러다 다시 지하 동굴로 들어갔다가 나오면 또 하나의 호수가 나타났다.

그런 식으로 하루 정도의 시간이 흐르는 동안 이따금씩 멀리서 괴수어들이 모습을 드러내긴 했지만, 마전함을 공격해 온다든가 하는 일은 없었다.

그래도 로이스는 수중 세계의 신기한 경치들을 구경하고 있었기에 그다지 지루함을 느끼지 않았다.

"궁전이 생각보다 꽤 멀리 있었네."

"이제 조금만 더 가면 인어족의 영역이 나와요. 궁전은 그곳에서 가장 안전한 곳에 위치해 있어요."

"근데 타샤 넌 무엇 때문에 혼자 그리 멀리 나와 있었던 거야?"

그롤족이라 불리는 괴수어들이 득실거리는데 타샤 혼자서 돌아다니는 건 매우 위험한 일일 것이다.

"그곳이 저의 정찰 구역이거든요."

"혼자서 이 먼 곳까지 정찰을? 괴수어들의 동정을 살피는 거야?"

"그것도 있고 더 중요한 목적은 식량을 구하기 위해서예요. 인어국에는 식량이 풍족하지 않아 샤론 대륙까지 나와서 구하는 중이죠. 그 근처가 저의 구역이에요."

"그러다 그놈들에게 잡힐 수도 있잖아."

"제 속도는 웬만한 그롤족들보다 빠르니 상관없어요. 그들을 이길 수는 없지만 최소한 따라잡히진 않거든요."

"속도가 그렇게 빠르다니 역시 머메이드구나."

로이스가 부럽다는 듯 두 눈을 크게 뜨자 타샤가 자신의 푸른 갑옷을 툭툭 치며 웃었다.

“본래 빠르기도 하지만 이 특별한 갑옷의 효력 때문이에요.”

“신기한 갑옷이네.”

“잘 보시면 뭔지 알 걸요?”

“설마 아즈검의 껍질?”

“네, 맞아요. 아즈검의 껍질로 만든 갑옷을 입으면 물속에서 매우 빠르게 이동할 수 있죠.”

“그렇구나. 그럼 나도 하나 만들어 입어야겠어. 그놈들이 너무 빨라 따라잡기 힘들거든.”

“껍질이 충분히 있으니 수십 벌도 넘게 만들 수 있겠어요. 궁전에 머무르시면 제가 가공을 도와 드릴게요.”

“그래 주면 고맙지.”

로이스가 어제 잡은 아즈검들 중 두 마리의 껍질은 온전하게 벗겨져 보관된 상태였다.

‘앞으로는 녀석들을 막 죽이지 말고 껍질에 최대한 피해가 가지 않게 신경 써야겠어.’

주먹으로 싸우면 그런 것이 잘 조절이 안 된다. 대충 스치기만 해도 껍질이건 알맹이(?)건 다 부서져 버리기 때문이다.

그렇다고 무기를 들고 싸우자니 어제처럼 기괴한 공간진

이라는 것을 펼치면 쉽게 당해 내기 힘들었다.

물론 물속에서 이동 속도가 빨라진다면 얘기는 달라진다.

괴수어들이 공간진을 펼칠 여유를 주지 않고 빠르게 움직이며 해치워 버리면 되기 때문이다.

따라서 로이스에게 아즈검의 껍질로 만든 갑옷은 반드시 하나 필요했다. 평소에도 쓸모가 있겠지만, 앞으로 또 언제 수중 전투를 벌일지 알 수 없기 때문이다.

그런데 그때 타샤가 더욱 놀라운 내용을 말했다.

"만약 저기 있는 매브왕의 가죽으로 갑옷을 만들어 입을 수 있다면 그 성능은 아즈검의 껍질에 비할 수 없이 강력할 거예요. 다만 가죽 가공이 어려워서 궁전에서도 극소수의 머메이드들만 그걸 만들 수 있죠."

매브왕의 내단은 머맨 왕 칼리스만 다룰 수 있다고 했다. 그러나 가죽은 그 외에도 다룰 수 있는 이들이 소수지만 있긴 있는 모양이었다.

"성능이 어느 정도인데?"

"적어도 두 배 이상 빨라요. 또한 아즈검의 껍질보다 훨씬 방어력도 뛰어나요. 물리 공격뿐 아니라 마법도 어지간한 건 튕겨 버리거든요."

"그게 정말이야?"

로이스의 두 눈이 휘둥그레 커졌다.

"네, 하지만 그만큼 매브왕은 잡기 매우 어려운 존재예요."

"뭐 별로 강한 녀석은 아니었어. 좀 교활하긴 했지만 말이야."

로이스는 별거 아니라는 식으로 말했다. 그러자 타샤가 어이없어하는 표정으로 말했다.

"매브왕이 강하지 않다고요? 로이스 님이라면 그렇게 느낄 수도 있겠군요."

"하긴 생각해 보니 아주 약한 녀석은 아니지."

로이스도 고개를 끄덕였다. 매브왕의 전투력은 어지간한 상급 마족 정도는 된다고 볼 수 있었다.

로이스가 사르곤 제국의 황궁에서 해치운 자레아라는 최상급 마족까지는 아니어도 이전에 해치웠던 파르두스나 하페온과 같은 급은 충분히 되었기 때문이다.

아무리 다켈에게 먼저 공격을 시켰다 해도 그런 매브왕을 주먹 한 방으로 때려잡은 것은 로이스가 그만큼 강해서일 뿐이다.

결코 매브왕이 약해서가 아닌 것이다.

하지만 만약 매브왕이 처음부터 작정하고 도망을 갔다면 로이스도 별수 없이 놓칠 수밖에 없었을 것이다. 매브왕의 움직임은 아즈검들과는 차원 자체가 달랐으니까.

"머맨 왕을 만나면 내단도 꺼내 달라고 하고 가죽으로 옷도 만들어 달라고 해 볼까?"

그러자 타샤가 살짝 수심 어린 표정을 지었다.

"그게 생각보다 쉽지 않아요. 어쩌면 불가능할지도 몰라요."

"왜 그렇게 생각해?"

"고대로부터 인간들은 우리 머메이드들과 머맨들을 많이 죽이고 학대했죠. 그들로 인해 우린 점점 더 수중 깊은 곳으로 숨어야 했어요. 하지만 그들은 그마저도 허락하지 않고 계속 우릴 공격했어요. 지금은 매브왕과 아즈검들을 비롯한 그롤족이 그 같은 짓을 하고 있지만 인간들에 대한 인어족의 적개심은 만만치 않아요. 따라서 칼리스 님은 아마도 로이스 님을 반기지 않을 거예요."

"어떤 나쁜 녀석들이 그따위 짓을!"

로이스는 주먹을 불끈 쥐었다.

정말로 타샤의 말이 사실이라면 머맨 왕이 인간들을 싫어하는 것이 당연한 일이었다. 로이스가 마족이나 마왕을 싫어하는 것은 그들이 인간들을 멸망시키려 하기 때문이 아닌가?

같은 이유라면 인어족들에게 있어서 인간이란 존재는 마왕이나 마족과 다를 바 없을지도 모른다.

타샤가 더욱 걱정스러운 표정으로 로이스를 쳐다봤다.

"자칫하면 최악의 상황이 벌어질 수도 있어요. 그래서 지금도 과연 제가 로이스 님과 함께 가는 것이 잘하는 일인지 잘 모르겠어요."

"최악의 상황이라면?"

"칼리스 님이 당신들을 공격할지도 몰라요. 저 또한 무단으로 인간들을 인어족의 영역에 데려온 벌을 받게 되겠죠."

로이스는 싸늘히 웃었다.

"난 싸움을 걸어온다면 거부하지 않아. 머맨 왕이 그런 어리석은 선택을 하지 않기를 바라겠어."

이유를 불문하고 전쟁을 걸어온다면 쓸어버릴 것이다.

아무리 과거에 인간들이 인어족을 괴롭혔다지만, 그것은 과거의 나쁜 인간들이 한 짓일 뿐, 로이스와는 아무런 상관도 없기 때문이다.

그러자 타샤가 더욱 걱정스러운 표정을 지었다.

"혹시라도 그런 일이 벌어지게 된다면 부디 칼리스 님을 해치지 말아 주세요. 그분은 지금 그롤족과 전쟁 중이라 신경이 무척 날카로우세요. 얼마 전 그롤족의 대대적인 침공으로 많은 머메이드들과 머맨들이 희생됐거든요."

그녀는 눈물을 훔치며 말을 이었다.

"인어족의 전대 국왕이신 여왕 카타리나 님도 그때 전사

하셨죠. 그것도 내부에 배신자가 있어 인어국은 큰 피해를 입었어요. 칼리스 님은 카타리나 님의 하나뿐인 아들로, 본래 쾌활하고 밝은 성격이셨는데 카타리나 님의 죽음 이후 성격이 매우 어두워지셨어요."

그 말을 들은 로이스는 안쓰럽다는 듯 고개를 끄덕였다.

"엄마가 죽었다니 불쌍한 녀석이긴 하군."

로이스 역시 엄마 루비아나가 죽었을 때가 떠올랐다.

지금은 가끔 기억의 복도에 그려져 있는 루비아나의 모습을 보며 즐거웠던 추억을 회상할 만큼 많이 나아졌지만, 그때는 얼마나 슬펐는지 모른다.

따라서 머맨 왕 칼리스가 왜 성격이 어두워졌는지 이해가 되긴 했다.

"그렇다고 녀석이 날 공격해 올 때 멀뚱히 당하고만 있을 수는 없잖아."

남의 사정 봐주다 아군이 공격당해 죽기라도 한다면, 그것처럼 허망한 일이 없을 것이다.

로이스는 그런 상황이 되도록 두고 보지 않을 생각이었다.

그러자 옆에서 듣고 있던 아이리스가 말했다.

"로드! 인어족과 우린 공동의 적을 가지고 있어요. 우리가 그롤족을 해치우는 데 도움을 주면 머맨 왕도 마음을 열 가능성이 있어요."

로디아도 동조했다.

“이 일은 일단 그런 식으로 접근하는 게 좋다고 생각해요. 그렇지 않고 그냥 머맨 왕에게 우린 좋은 사람들이라고 설득하거나 혹은 강요해서 매브왕의 내단을 얻으려고 하면 좋지 않은 일이 벌어질 수도 있어요.”

“그것도 맞는 말이군.”

로이스는 고개를 끄덕였다.

“로드께서 허락해 주시면 제가 먼저 머맨 왕을 만나 담판을 짓겠어요.”

아이리스는 자신 있는 표정이었다.

사실 그녀는 로이스의 성격상 머맨 왕이 삐딱하게 나오기라도 하면 가만두지 않을 것을 알고 있었다. 여차하면 전쟁이 벌어지게 될 것이고, 그 결과는 인어국의 초토화일 것이다.

그런 일을 미연에 방지하기 위해 그녀가 미리 나서서 기왕이면 좋게 풀어 보려는 것이었다.

“좋아, 그렇게 해 봐.”

“네, 로드.”

로이스는 흔쾌히 허락했다. 이런 식의 방식은 그다지 좋아하지 않지만, 부하들이 나서 알아서 해 준다면 굳이 말릴 이유가 없었다.

그리고 그 역시 쓸데없이 인어족과 전쟁을 벌이고 싶은 생각은 없었으니까.

"하지만 무리할 건 없어. 굳이 싫다는데 우리가 구걸할 필요는 없으니까."

"물론이죠."

만약 매브왕의 내단을 얻지 못한다면, 다른 방법으로 귀한 물건들을 잔뜩 얻어 12만 베카를 갚으면 되는 일이었다. 아즈검의 껍질 같은 것들만 해도 꽤 비싸게 팔릴 테니까.

그리고 로이스는 갑판 한쪽에 처박혀 있는 매브왕의 사체를 가리켰다.

"빈손으로 가지 말고 저걸 선물로 갖다 주는 게 좋겠어. 대신 다음에 내가 매브왕을 잡으면 그땐 내단을 꺼내 주고 가죽으로 옷을 만들어 준다는 조건이야."

"아주 좋은 생각이세요."

아이리스의 표정이 밝아졌다. 단순히 대화만으로 담판을 짓기보다 선물을 가져가면 일이 훨씬 수월해질 것이다. 매브왕의 사체는 인어족에서도 쉽게 구하기 힘든 희귀한 물건이라 했으니까.

그때 루니우스가 로이스 앞에 걸어와 허리를 숙이며 말했다.

“로드! 아이리스 마마 혼자 인어국으로 가시는 건 왠지 안심이 되지 않아요. 제가 마마를 수행하게 해 주세요.”

로이스는 좋은 생각이라는 듯 미소를 지었다.

“그럼 나도 안심이야. 루니우스뿐만 아니라 스텔라 너도 함께 가.”

“그래도 되나요?”

심상 수련을 하고 있던 스텔라가 눈을 번쩍 떴다. 말은 조금도 심심하지 않은 척하며 수련을 하고 있었지만, 그녀 역시 솔직히 무료한 감이 없지 않았다.

이 상황에 인어국의 궁전으로 여행 아니, 수행을 가게 되는 것이니 당연히 눈이 번쩍 뜨였던 것이다.

“섣불리 싸우지 말고 아이리스의 말을 잘 듣도록 해.”

“염려 마세요, 로드.”

로이스가 따로 정하지 않아도 이곳에 있는 그의 부하들 중 우두머리는 자연스레 아이리스가 되었다. 라크아쓰를 제외하면 모두 사르곤 제국 출신이다 보니 황녀였던 아이리스의 말을 따르는 것을 당연하게 여기고 있었기 때문이었다.

잠시 후, 멀리 하나의 커다란 동굴이 보이자 타샤가 말했다.

“저곳이에요. 저 동굴을 지나면 인어족의 영역이 나와

요. 마전함은 이곳에 대기하는 게 좋겠군요."

그러자 아이리스 등은 기다렸다는 듯 로이스 앞에 걸어와 한쪽 무릎을 꿇었다.

"그럼 다녀오겠어요, 로드."

"무사히 아이리스 마마를 수행하여 돌아오겠습니다, 로드."

타샤 또한 작별 인사를 했다.

"다시 뵐게요, 로이스 님. 정말 고마웠어요."

로이스는 씩 웃으며 손을 흔들었다.

"잘들 다녀와."

아이리스 등은 마전함 내부에 비치되어 있던 소형 마전함에 탑승했다.

대략 10여 명 정도가 탑승할 수 있는 이 소형 마전함은 크기만 작을 뿐 마전함에 버금가는 수준의 기능을 갖고 있었다.

다만 물건의 적재 공간이 넉넉하지 않아 매브왕의 사체는 전함 아래에 매달고 이동해야 했다.

Chapter 12
머맨 왕 칼리스

아이리스 등이 탑승한 소형 마전함이 멀리 수중 동굴 속으로 사라지는 모습을 로이스는 담담히 지켜봤다. 그러다 문득 로디아를 바라보며 물었다.

"마전함의 정비는 다 끝난 거야?"

"네, 로드. 완벽하게 복구됐어요."

로디아는 유사시 마전함을 조종하거나 복구해야 하기에 남았다.

그래도 스텔라와 루니우스가 아이리스를 수행하는 터라 안심이었다.

둘 다 초인의 경지를 뛰어넘은 이들이니 인어국에서 무

슨 일이 벌어져도 아이리스를 지킬 수 있을 것이다.

"그럼 우린 위로 올라가서 기다리는 게 어때? 물속에만 있으니 갑갑해 죽겠어."

"좋은 생각이세요."

언제 아이리스 등이 돌아올지 모르는데 무작정 이곳에서 기다리고 있을 수는 없는 일.

곧바로 마전함은 수면 위로 올라갔다. 그리고 그 즉시 범선의 형태로 변했다.

"후후, 이제 좀 살 것 같네."

로이스는 갑판 위에서 시원한 바람을 맞으며 주위를 슥 돌아봤다.

어느새 시간이 흘러 밤이 되어 있었다. 하늘은 어둑했고 사방은 온통 물뿐이었다.

그러다 로이스는 돌연 팔짱을 낀 채 생각에 잠겼다.

'마족들이 슬슬 나타날 때가 됐는데 왜 이리 조용한 걸까?'

로이스는 마왕 데세오, 헤이나크, 크리움, 이렇게 도합 세 명의 마왕과 적이 되었다. 물론 사실상 모든 마왕이 적이라 할 수 있지만 그 셋과는 이미 전쟁이 시작된 상태였다.

그런데 크리움의 권속인 자레아를 죽인 이후 이상하게

마족들이 더 이상 나타나지 않았다.

설마 그들이 전쟁을 포기한 것일까?

절대 그럴 리가 없다는 것이 로이스의 생각이었다.

폭풍이 몰려오기 직전의 고요함!

이는 단순한 불안감이 아니라 본능적으로 느끼는 위기감이었다.

뭐 그렇다 해서 그런 걸 겁낼 로이스는 아니었다.

그냥 기왕 오려면 빨리 와라! 뭐 이런 것이다.

그런데 그때 로디아가 다가와 말했다.

"그들도 작전을 바꿨을 거예요. 무작정 로드에게 덤벼봤자 소용없다는 걸 알았을 테니까요."

그 말에 로이스는 눈을 크게 떴다.

"넌 내가 무슨 생각을 하고 있는지 알고 있는 거야?"

"마족들이 왜 안 나타나는지 궁금해 하고 계시잖아요."

"어떻게 그걸? 너 혹시 마법으로 마음도 읽을 수 있어?"

눈치가 빠른 것일까? 아니면 머리가 끝내주게 좋은 것일까?

하긴 로디아는 그 둘 다에 해당되긴 했다.

그렇다 해도 로이스가 아무 말도 하지 않았는데 이렇게 마음을 훤히 들여다보고 있으니 놀라웠다.

로디아가 쑥스럽다는 듯 웃었다.

"아뇨, 제겐 그런 능력은 없어요. 다만 저 또한 늘 그 생각을 하고 있거든요. 로드께서 적으로 삼은 마왕들의 권속들이 수시로 나타나야 정상인데 조용하니 아무래도 이상하단 생각이 들었죠."

"내 생각도 그래. 금세라도 날 잡아 죽이지 못해 안달하고 매번 협박까지 하던 그 녀석들이 왜 이리 조용한 걸까?"

"아까 드린 말씀대로 방법을 바꿨을 가능성이 높아요. 무작정 로드께 덤비기 보다는 교활한 술책을 꾸며 로드를 궁지로 몰아넣으려 할 거예요."

"어떤 술책?"

"이를테면 로드께서 다른 용자들을 돕지 못하게 방해를 하는 것도 한 방법이겠죠. 용자들의 인정을 받게 되면 로드께서 미스토스 군주가 될 거란 사실을 그들도 혹시 알고 있다면요."

"그럴듯하네."

로이스는 이미 자신이 미스토스 군주가 되려면 어떤 임무를 해야 하는지 부하들에게 말해 둔 상태였다.

물론 그건 군주의 목걸이가 준 임무였다.

도합 일곱 명의 용자를 도와 그들로부터 인정을 받게 되면 로이스는 미스토스 군주가 될 자격을 얻게 된다. 물론 그와 동시에 레벨도 상급 50을 달성해야 하지만 말이다.

사실 레벨을 올리는 거야 시간 문제였다. 문제는 용자들의 인정을 받는 것이다. 아직 아시엘 외에는 한 명의 용자도 찾지 못했으니 과연 어디로 가야 다른 용자를 만날 수 있을 것인가?

"또는 마왕들이 타락한 용자와 동맹을 맺어 로드를 공격할 수도 있죠. 우린 여러 가능성에 다 대비해야 해요."

"그래서 이곳에서 멀지 않은 곳에 있다는 제라칸이란 녀석의 거점을 없애 버려야 돼. 아무래도 마왕들이 그놈과 한패가 되어 아시엘을 괴롭힐 것 같거든."

그러자 로디아가 잠시 뭔가 생각에 잠기는 듯하더니 이내 눈을 빛내며 말했다.

"이미 제라칸의 마수가 어떤 식으로든 이 호수에도 미쳐 있을 거라 생각해요. 용자를 공략하려면 인근의 세력을 장악하는 건 기본이기 때문이죠."

"그럼 혹시 매브왕이랑 아즈검들이?"

"아직은 추측에 불과하지만 그럴 가능성이 높아요. 어쩌면 그롤족들이 공격하고 있는 인어족의 누군가……."

거기까지 말하던 로디아는 돌연 말을 그치고 스스로의 머리를 쳤다.

"아니에요. 제가 너무 쓸데없이 앞서간 것 같군요."

"무슨 얘기인데 하다 마는 거야? 궁금해 미치겠잖아."

로이스가 어서 말해 보라는 듯 슥 노려봤다. 로디아가 머리를 긁적이며 말했다.

"그냥 혹시 인어족들 중에 용자가 있지 않을까 하는 가정을 해 봤어요."

로이스는 픽 웃었다.

"그건 아닐 거야. 그렇다면 이 지도에 나와야지. 근처에 용자의 성이 있으면 지도에 표시된다고 했거든."

"하지만 만약에 아직 각성을 하지 못한 용자가 있다면요? 그럼 아직 용자의 성도 만들어지지 않았겠죠."

"……?"

로이스의 눈이 반짝였다. 뭔가 그럴듯한 얘기였기 때문이다.

"뭔가 짚이는 게 있나 보네?"

"실은 저보다 먼저 아이리스 마마께서 그 말을 하셨어요."

"아이리스가?"

"네, 하지만 그저 직감일 뿐이라 확실하지 않을 수도 있다며 섣불리 로드께 말씀드릴 수는 없다 하셨죠."

"그럼 머맨 왕일까?"

"아직은 잘 모르겠어요."

로이스가 만면에 미소를 지었다.

"후후, 생각보다 훨씬 가까운 곳에 용자가 있었던 건가? 부디 그 녀석이 용자였으면 좋겠는데 말이야."

만약 머맨 왕 칼리스가 용자라면? 로이스는 호수의 무법자들인 그롤들을 모조리 소탕해 주고 그의 인정을 받으면 될 것이다.

그사이 아이리스 등은 소형 마전함을 타고 타샤가 가리키는 방향대로 이동 중이었다.

그런데 수중 동굴을 지나 한참을 더 가자 타샤와 같은 머메이드들이 하나둘 소형 마전함 주위로 몰려들었다.

곧바로 타샤가 나가서 뭐라 말하자 그녀들의 표정은 살짝 굳어졌지만 소형 마전함의 앞을 가로막지는 않았다. 그녀들은 소형 마전함의 아래 매달린 매브왕의 사체를 보고 깜짝 놀란 표정을 짓기도 했다.

그렇게 다시 얼마나 지났을까?

전방 멀리에 아주 특이한 광경이 보였다.

'저것은?'

아이리스는 깜짝 놀랐다.

'저 앞의 물이 온통 보라색이야. 어찌 된 거지?'

그것도 어느 일부분만 그런 것이 아니라 호수 전체가 신비한 보라색으로 물들어 있었다.

'마치 라키아 대륙과 샤론 대륙의 경계 지역 같아.'

샤론 대륙의 국경이라 불리는 보랏빛 구름 지대와 흡사했다. 아이리스가 타샤를 향해 물었다.

"혹시 저 너머가 인어국의 영역인가요?"

"맞아요. 이제 그곳으로 들어갈 거예요."

소형 마전함이 보랏빛으로 물든 영역에 진입하자 순간 아득한 공간을 이동한 것 같은 느낌이 들었다. 어느새 보랏빛 영역은 까마득한 뒤쪽에 위치해 있었다.

'이건 마치 샤론 대륙에서 라키아 대륙으로 들어갈 때와 비슷해.'

따라서 여긴 샤론 대륙이 아닌 새로운 세계일 것이다. 바로 라키아 대륙과 비슷한 대륙 말이다. 물론 여긴 물속이니 호수나 바다라고 불러야 할지도 모르겠지만.

넓게 펼쳐진 수중 세계에서는 온갖 기이한 식물들과 물고기들이 헤엄쳐 다니고 있었고, 마찬가지로 온갖 종류의 인어들이 곳곳을 유영하고 있었다.

타샤처럼 인간과 흡사한 체구를 가진 머메이드도 있었지만, 거대한 체구를 가진 머메이드나 머맨들도 보였다.

자유롭게 헤엄을 치는 것 같으면서도 모두 각자 무기를 들고 있는 것이 유사시 적의 습격에 대비하는 듯했다.

아이리스 등은 그렇게 또 한참을 나아갔다.

거대 조개나 소라 껍질 형상으로 지어진 수많은 건물들이 즐비한 수중 도시가 나타났다.

그리고 그 건물들의 중앙에 아주 화려해 보이는 유리 궁전이 하나 보였다.

"저곳이 바로 왕궁이에요. 저곳에 머맨 왕 칼리스 님이 계셔요."

"그렇군요."

아이리스는 신기한 듯 인어족의 도시를 구경했다.

어지간한 왕국의 왕성 못지않은 규모의 거대한 유리 궁전!

물속에 지어져 있다는 점에서 이미 그 화려함과 신비함은 지상의 성들과 비교할 수 없는 것이었다.

"잠깐만 이곳에 있어요. 제가 먼저 가서 당신들에 대해 설명을 하고 올게요."

궁전 근처에 도착하자 타샤가 소형 마전함을 빠져나가 궁전 안으로 들어갔다.

아즈검들 못지않게 강해 보이는 근육질의 거대 머맨들이 궁전의 입구를 지키고 있었는데, 그들의 시선도 소형 마전함의 아래 매달린 매브왕의 사체에 고정되어 있었다.

그들뿐 아니라 이 신기한 수중 도시에 있는 인어족들 대부분이 매브왕의 사체를 경이로운 표정으로 쳐다봤다.

'과연 매브왕의 사체가 이곳에서는 매우 대단한 가치가 있는 것 같구나.'

그때 루니우스가 말했다.

"마마, 머맨 왕이 순순히 우리를 만나 줄까요? 왠지 분위기가 심상치 않군요."

"나도 그게 걱정이긴 해요."

그런데 그때 궁전 앞에 있던 수백 명의 머맨 전사들이 갑자기 소형 마전함을 포위했다.

"침입자들은 당장 그 배에서 나와라."

인어족치고는 아주 특이한 잿빛의 머리를 가진 차가운 인상의 머맨이 크게 외쳤다. 그가 바로 이 수백 머맨 전사들의 우두머리인 모양이었다.

"어찌할까요, 마마? 명하시면 저들을 모두 해치워 버리겠어요."

스텔라가 물었다. 루니우스 역시 금세라도 검을 뽑아 들 기세였다.

아이리스는 손을 흔들었다.

"일단은 저들의 뜻에 따르는 게 좋겠어요."

그녀들은 소형 마전함을 빠져나갔다. 물의 정령 퓨리가 숨결을 불어 준 덕분에 물속으로 나가도 숨을 쉬거나 말을 하는 데 지장은 없었다.

"나는 위대하신 머맨 왕 칼리스 님의 기사인 하데프다. 칼리스 님은 아이리스 그대만 보고자 하신다. 나머지 둘은 이곳에서 대기해라."

그사이 타샤로부터 아이리스 등의 이름도 모두 들은 모양이었다. 순간 루니우스가 검을 빼 들었다.

"그럴 수는 없다. 난 마마를 수행하러 왔으니 비켜라."

그녀의 검에서 피어나는 기세는 가히 폭풍과 같았다.

궁전 앞에 있던 수백 명의 머맨 전사들이 그 기세에 압도당해 경직되어 버릴 정도였다.

그사이 스텔라가 기사 하데프 앞으로 이동해 그의 목에 붉은 단검을 가져다 댔다.

"허튼수작하면 목이 끊어질 거야."

하데프는 꽤 놀란 표정이었다. 그러나 의외로 그는 차분하게 아이리스를 노려보며 말했다.

"그대들은 머맨 왕 칼리스 님을 만나러 온 것인가? 아니면 전쟁을 하자는 것인가? 전쟁을 원한다면 이곳에 있는 모든 인어족의 전사들이 그대들을 공격할 것이다."

그 순간 언제 모여든 건지 사방에 수천 명도 넘는 머메이드들과 머맨들이 중무장한 상태로 아이리스 등을 노려보고 있었다.

아이리스가 루니우스 등을 향해 부드럽게 미소 지었다.

"검을 거둬요, 루니우스, 스텔라. 일단 이들의 뜻에 따라 나 혼자 머맨 왕을 만나 보겠어요."

루니우스는 어쩔 수 없다는 듯 고개를 끄덕였다.

"알겠습니다, 마마. 혹시라도 위험한 일이 벌어지면 즉시 큰 소리로 외쳐 알려 주세요."

"그리할게요. 염려 말아요."

그렇게 아이리스는 하데프를 따라 궁전 안으로 들어갔다.

그사이 루니우스와 스텔라는 머맨 전사들이 이끄는 다른 장소로 이동했다. 그곳은 궁전 외곽에 있는 커다란 원형 건물이었는데 그 건물 주위로 머메이드들과 머맨 전사들이 겹겹이 둘러싸 그녀들을 경계했다.

"우릴 여기에 가두고 감시하는군요. 이대로 가만있을 건가요?"

스텔라가 묻자 루니우스는 눈을 차분히 빛내며 말했다.

"일단은 지켜보죠. 우리가 섣불리 움직이면 마마께서 위험해질 수 있어요."

"네."

스텔라는 알았다는 듯 고개를 끄덕이고는 눈을 감았다.

설마 이 순간에도 심상 수련을 하려는 것일까?

그것은 아니었다. 눈을 감고 모든 감각을 청각에 집중시켜 아이리스의 신호를 기다리고 있는 중이었다.

한편 아이리스는 궁전 안의 모습을 보며 여러모로 놀란 터였다.

일단 궁전으로 들어오는 순간 물이 사라졌다.

그런데도 머메이드들과 머맨들은 허공에 둥둥 떠서 마치 물에서 헤엄치는 듯 이동했다.

반면에 아이리스는 바닥에 발을 딛고 육지처럼 걸을 수 있었다.

게다가 공기도 신선하고 풍부했다.

마치 나무들이 많은 숲에 들어온 것처럼 말이다.

'궁전을 이런 식으로 만들어 두다니 놀랍구나.'

인어족의 궁전은 인어족이 아닌 다른 종족에 대한 배려가 되어 있는 것이 분명했다.

그러나 그보다 더욱 놀라운 것은 궁전 곳곳에 놓여 있는 인어족의 석상들이었다.

너무도 정교하게 조각된 머메이드들과 머맨들의 석상을 보며 아이리스는 경탄을 금치 못했다. 그야말로 대단한 능력의 조각가들이 인어족에 있다 생각한 것이다.

'가만, 그게 아니야.'

그러던 아이리스는 통찰의 눈이 주는 진실을 바라보고는

소름이 끼치고 말았다.

'이럴 수가! 이것들은 석상이 아니야. 알 수 없는 저주로 인해 석화되어 있는 인어족들이 분명해.'

정말 믿을 수 없는 일이지만 통찰의 눈은 그녀에게 그와 같은 진실을 알려 주고 있었다. 궁전의 입구에서 왕이 있다는 대전까지 걷는 동안 저 같은 석상을 수백 개도 넘게 봤는데, 그들이 모두 저주로 석화된 인어들이라니.

'대체 이곳에서 무슨 일이 있었던 걸까?'

그사이 아이리스는 대전에 도착했다. 여느 황궁이나 왕궁의 대전처럼 거대한 규모로 만들어진 곳이었는데, 머맨 왕은 투명한 빛이 반짝이는 옥좌에 앉아 있었다.

남색의 머리카락 아래 이목구비가 또렷한 얼굴을 가진 소년 머맨.

금빛의 멋들어진 갑옷이 상반신을 두르고 있었고, 하체는 금빛 비늘로 이루어진 물고기 형상이었다.

그가 바로 머맨 왕 칼리스였다.

그런데 칼리스를 보는 순간 아이리스의 눈이 빛났다.

'틀림없어. 용자의 운명을 타고난 자야.'

보기 전에는 알 수 없지만 일단 눈으로 확인하면 반드시 알아낼 수 있다 생각했다. 역시 그 생각대로였다. 그 또한 통찰의 눈이 알려 준 진실이었다.

“그대가 아이리스인가? 멀리 인간들의 대륙에 있는 제국 황제의 누이동생이라 들었다.”

그런데 화려한 외양과 달리 칼리스의 얼굴은 무척이나 침울해 보였다. 두 눈은 어둡게 가라앉아 있었고 표정은 마치 돌처럼 딱딱하게 굳어 있었다.

만약 희망이 없는 사람의 표정이 궁금하다면 지금 칼리스의 얼굴을 보면 될 것이다.

‘여왕 카타리나가 죽은 이후 저리되었다고 했었는데?’

그러나 그렇다 보기에는 너무 과한 모습이었다. 필시 다른 이유가 있을 것이라는 직감이 들었다.

물론 아이리스는 그 같은 내색을 하지 않고 정중하게 예를 취했다.

“존귀하신 인어족의 국왕이신 머맨 왕 칼리스 님을 배알하게 되어 진심으로 영광입니다.”

사실 이 정도까지 정중하게 할 필요는 없을지도 모른다.

샤론 대륙에서 사르곤 제국 황제의 누이동생이라는 신분은 통하지 않을지라도 미스토스 상급 기사 로이스의 부하라는 신분은 실로 대단한 것이니까.

황제는 물론이고 용자나 마왕 앞에서도 무릎을 꿇지 않는 지고한 존재가 바로 로이스다. 그녀는 그런 로이스의 대리인 자격으로 이곳에 왔으니 어찌 일개 인어족의 국왕에게 무릎을 꿇을 필요가 있겠는가. 적어도 그녀는 그렇게 자부심을 가지고 있었다.

그래도 아이리스는 장차 용자가 될 칼리스를 위해 최대한 경의를 표해 주었다.

그러나 칼리스는 여전히 무표정한 표정 그대로 대답했다.

"나는 그대가 무엇 때문에 이곳에 왔는지 타샤로부터 모두 들었다. 하나 인간인 그대들이 수중 세계의 물건을 얻으려는 것은 매우 가증한 일이다. 본래라면 이곳에 들어온 즉시 죽여야 하나 흔치 않은 선물을 가져온 그대들의 정성을 보아 특별히 살려 주도록 하겠다."

칼리스가 말을 하는 도중 수십 명의 대신들은 싸늘한 눈빛으로 아이리스를 노려보고 있었다. 그 대신들의 표정에는 모두 아이리스에 대한 강한 적대감이 가득했다.

그사이 칼리스의 말이 이어졌다.

"그러니 그대들은 지금 즉시 이곳을 떠나라. 또한 멀리서 대기하고 있는 그대의 다른 동료들도 더 이상 수중 세계의 일에 간섭하지 말아야 할 것이다. 그렇지 않으면 나를 비롯한 모든 인어족은 이후 그대들을 적으로 간주하여 그 어떤 자비도 베풀지 않을 것이다."

본래 이 같은 말을 할 때면 뭔가 분노나 증오의 감정이 느껴져야 정상일 것이다. 그러나 칼리스의 말투는 마치 경전의 구절을 감정 없이 암송하는 것처럼 건조하기만 했다.

아이리스는 고개를 들어 칼리스를 쳐다봤다.

"당신의 뜻이 그렇다면 어쩔 수 없지요. 저는 이만 돌아가 그 뜻을 로드께 전하겠어요."

하지만 아이리스는 그 순간 칼리스의 두 눈에 잠깐 나타났다 사라진 쓸쓸한 기색을 놓치지 않았다.

어둡게 가라앉았던 그의 눈빛이 아주 찰나였지만 살짝 흔들렸던 것이다.

"그럼 물러가라."

그러나 칼리스는 그렇게 말하고는 더 이상 볼일이 없다는 듯 눈을 감아 버렸다.

아이리스는 별다르게 아쉬운 표정을 짓지 않고 일어나 대전을 나왔다.

매브왕의 내단을 얻을 수 있도록 머맨 왕과 교섭을 벌이는 것이 애초의 목적이었지만, 그보다 더 중요한 목적을 달성했으니 이대로 돌아가도 상관없었다.

용자로 각성할 존재가 이곳에 있다는 것!

그것을 로이스에게 알려 주면 되기 때문이다.

다시 말해 이제는 매브왕의 내단이 중요한 것이 아니었다. 저 용자를 어떻게 각성시키고 그를 도와줘야 할지 고민

하는 게 우선이었다.

'아무리 봐도 뭔가 문제가 있어.'

용자의 운명은 아무나 타고 나지 않을 것이다.

어떤 식으로든 비범한 존재일 텐데 마치 인형과 같은 상태로 어좌에만 앉아 있다니 이상했다.

그리고 조금 전 보여 줬던 알 수 없는 쓸쓸한 눈빛은 무엇일까?

특히 국왕을 대하는 대신들의 형식적이면서도 가식적인 태도도 쉽사리 이해되기 힘들었다.

'어쩌면 머맨 왕은 그저 꼭두각시인지도 몰라. 뒤에 누군가가 그를 조종하고 있는 것 같은 느낌이 들었어.'

즉 뭔가 다른 존재에 의해 인어족이 장악된 상태일 수도 있었다. 마왕이나 타락한 용자와 같은 세력 말이다.

바로 그들로 인해 머맨 왕은 아직 용자로서 각성을 하지 못하고 있는 것이 아닐까?

거기까지 생각이 미치는 순간이었다. 기사 하데프가 싸늘히 외쳤다.

"그쪽이 아니라 이쪽이다, 인간. 험한 꼴을 보고 싶지 않으면 순순히 따라오는 게 좋을 것이다."

머맨 전사들이 아이리스를 잡아끌었다.

대전을 나와 궁전의 입구 쪽으로 향하는 것이 아니라 갑자기 아까 보지 못했던 복도로 방향을 틀어 버린 것이다.

'이것 봐라?'

아이리스는 이들이 자신을 순순히 보내 주지 않을 것이란 예감이 들었다.

설마 그사이 머맨 왕이 마음을 바꾼 것일까?

그것은 아닐 것이다. 왕은 이런 상황을 전혀 모르고 있을 가능성이 높았다.

"날 어디로 데려가는 것이냐?"

"가 보면 알게 된다."

하데프는 비릿하도록 차가운 미소를 흘렸다. 그 눈빛에서 번쩍이는 기운은 어둡고 침침하며 끈적끈적한 것이었다.

딱 봐도 어둠의 세력과 연관이 있어 보였다.

칼리스 국왕의 눈빛은 어둡긴 했지만 적어도 사악해 보이지는 않았다. 그러나 하데프의 눈빛은 아이리스가 언제인가 봤던 마족과 흡사했다.

'역시 예상대로 뭔가 있어. 날 어찌하려는 걸까?'

아이리스는 그다지 당황하지 않았다. 오히려 입가에 묘한 미소를 흘렸다.

스텔라와 루니우스가 절대 그녀에게 무슨 일이 벌어지는 것을 좌시하지 않을 테니까.

아니, 설령 무슨 일이 벌어진다 해도 최악의 사태는 면할 수 있다.

아스피스 성을 떠나기 전 릴리아나로부터 들은 말이 있기 때문이다.

'이제 그대가 가진 생명의 근원은 내게 있어요. 따라서 그대는 절대 죽지 않아요. 죽기 직전 내가 그대를 소환할 테니까요. 다만 많은 미스토스가 소모되니 가능한 그런 상황이 벌어지지 않도록 주의해 주세요.'

즉, 아이리스가 이곳에서 죽임을 당하는 순간 릴리아나의 꽃밭으로 소환되어 부활할 것이니 죽을 걱정은 안 해도 되는 것이다.

물론 그렇다 해서 순순히 죽겠다는 것은 아니었다.

미스토스를 아껴야 하는 이유도 있지만, 그보다 어떤 식으로든 끔찍한 죽음은 경험하고 싶지 않았으니까.

스윽.

그사이 아이리스는 궁전을 빠져나왔다.

다만 아까 들어갔던 입구가 아닌 다른 문을 통해서였다.

궁전 밖은 다시 물의 세계였다.

아이리스는 머맨 전사들이 잡아끄는 대로 몸을 맡긴 채 끌려가고 있는 중에도 여전히 침착한 표정으로 주위를 살피고 있었다.

'이쪽엔 석상들이 더 많구나.'

머메이드와 머맨 석상들. 궁전에 있는 것보다 몇 배는 더 많았다.

이들도 모두 석상이 아니라 알 수 없는 저주로 인해 석화된 상태가 분명했다.

그러던 아이리스의 두 눈이 크게 확대되었다.

'앗, 저건 설마?'

석상들 사이에서 낯익은 두 마리의 푸른 물고기들이 헤엄치고 있는 모습을 발견했기 때문이다.

그 물고기들은 머메이드 타샤의 친구들인 붕이와 잉이였다. 그것들은 한 석상 주위를 애타게 빙빙 맴돌고 있었다.

'타샤!'

그렇다. 그 석상은 바로 타샤의 형상이었다. 아이리스에 앞서 모든 사정을 설명하기 위해 궁전 안으로 들어갔던 타샤가 어떤 이유인지 석화되어 있었다.

'이럴 수가! 어찌 타샤마저?'

워낙 석상이 많아서 붕이와 잉이가 아니었다면 그곳에 타샤의 석상이 있는지 알지도 못했을 것이다.

'타샤…….'

아이리스는 타샤의 해맑은 미소가 떠올라 자신도 모르게 눈물이 나왔다.

왜 그런 타샤가 석상이 되어 있는 것일까?

그러고 보니 타샤는 자신이 크게 징벌을 받게 될지도 모른다며 걱정하기도 했다.

'틀림없어. 타샤는 우릴 이곳에 데려온 것 때문에 징벌을 받은 거야.'

아이리스는 탄식했다. 아무리 그래도 그렇지, 인간을 데려왔다는 이유로 이 같은 끔찍한 저주를 받아야 한다는 말인가.

'미안해요, 타샤. 어떻게든 방법을 찾아서 구해 줄게요.'

잠시 후.

아이리스를 끌고 가던 머맨 전사들이 멈춰 섰다. 그곳은 석상들이 늘어서 있는 길의 끝으로, 그 뒤로는 더 이상 석상들이 보이지 않았다.

아이리스는 머맨들이 자신에게 무슨 짓을 할 것인지 짐작하고는 하데프를 노려봤다.

"날 석화시켜 석상으로 만들 셈이냐?"

"크큿, 눈치가 빠르구나. 한번 이곳에 들어온 이들은 절대 나가지 못한다. 너 또한 마찬가지야. 석상이 되어 영원히 이곳 궁전을 지켜야 한다."

"흥! 순순히 네 뜻대로 되지 않을 것이다."

로디아만큼은 아니지만 그래도 최상급 마법사의 경지에 이른 아이리스다.

화아악!

그녀의 두 눈에서 백색의 빛이 번쩍이는 순간 여러 겹의 실드가 생겨나 전신을 둘러쌌다.

"크크크, 소용없는 짓이다, 인간! 조용히 있었으면 석상이 되어 궁전을 지킬 영광을 얻었을 텐데, 감히 저항을 했으니 처참하게 죽여 주마."

하데프가 음침하게 웃었다.

"용맹한 머맨들은 들어라! 즉시 저 인간에게 죽음의 징벌을 내려라!"

"예, 하데프 님."

머맨 전사들이 아이리스를 빙 둘러 기이한 진형을 이뤘다.

'공간진?'

아이리스는 깜짝 놀랐다. 매브왕과 아즈검들이 펼친 공간진을 어찌 머맨들이 펼치는 것일까?

어느새 주변에는 수많은 머맨 전사들이 몰려들었고, 그

들 또한 공간진의 일부가 되었다.

순간 아이리스의 안색이 창백하게 변했다. 사방에서 짓누르는 압력을 버텨 내느라 실드들이 찢어질 듯 흔들렸다.

'으윽! 마나가 잘 모이지를 않아.'

급기야 네 겹의 실드 중 두 겹이 찢어져 흔적도 없이 사라졌다. 남은 두 겹의 실드도 얼마 버텨 내기 힘들어 보였다. 이대로라면 그녀 역시 전신이 터져 나가 버리고 말 것이다.

번쩍!

바로 그때 홀연히 일어난 하나의 섬광이 공간진을 반으로 갈라 버렸으니.

촤아아악—!

인근의 수중 공간 자체가 두 쪽이 났다.

콰콰콰콰!

공간진이 깨짐과 동시에 그 안에 있던 가공할 압력이 그것을 만들어 냈던 머맨들에게 고스란히 되돌아갔다. 머맨들의 몸이 그대로 터져 버렸다.

"끄아아악!"

"크악!"

"아아악!"

단번에 1백여 명 가까운 머맨들이 죽임을 당했다. 머맨들의 몸에서 흘러나온 피가 수중 세계를 붉게 물들였다.

그 사이를 뚫고 아이리스 앞에 나타난 여인. 물론 그녀는 루니우스였다.

"마마, 괜찮으신가요?"

"루니우스! 그대가 아니었다면 꼼짝없이 죽을 뻔했군요."

아이리스는 안도하며 한숨을 토했다. 그런데 그 때 스텔라가 누군가를 잡아끌고 그녀들의 앞에 나타났다.

그 누군가는 다름 아닌 머맨 왕 칼리스!

그의 목에는 핏빛을 띤 단검의 날이 작은 혈선을 그리며 닿아 있었다.

루니우스가 아이리스를 구하러 온 사이 스텔라는 궁전으로 들어가 머맨 왕을 잡아 온 것이다.

"날 어찌할 셈인가?"

칼리스는 금세라도 목이 찔릴 수 있는 위험한 상황인데도 별다른 표정의 변화가 없었다. 다만 주변에 수많은 머맨들의 사체 조각들이 떠오르는 모습을 울적한 듯 잠시 한 번 바라보았을 뿐이다.

"그거야말로 내가 묻고 싶은 것이군요. 대체 왜 우릴 공격했나요?"

"……."

칼리스는 그러자 어이없다는 듯 아이리스를 노려봤다.

"그게 무슨 말인가? 지금 누가 누구를 공격했다는 거지?"

"당신은 아무 것도 모르는군요. 저기 있는 하데프란 자가 날 이곳으로 끌고 와 석화시키려 했어요. 우린 어쩔 수 없이 반격을 했을 뿐 먼저 공격한 적은 없어요."

"그럴 리가!"

칼리스는 믿을 수 없다는 표정이었다. 스텔라가 목에 댄 칼을 거두자 칼리스는 고개를 돌려 기사 하데프를 쳐다봤다.

"하데프, 말해 보라. 이들의 말이 사실인가?"

그러자 하데프가 기괴한 미소를 흘리며 대답했다.

"어찌 칼리스 님께서는 인간들의 허황된 말을 믿으시는지요. 예로부터 인간들이 우리들을 얼마나 속여 왔는지 잊으셨습니까?"

"하면 지금 이들이 내게 거짓말을 한 것인가?"

"저들은 지금 칼리스 님을 속이고 있습니다. 아무 이유 없이 머맨들을 학살하고 또한 칼리스 님까지 위협하고 있지요. 파렴치한 인간들의 전형적인 행태가 바로 이것입니다."

"도대체 누구 말을 믿어야 하는지 모르겠군."

칼리스는 혼란스러운 표정을 지었다. 그러자 하데프가 차갑게 웃으며 말했다.

"기사인 저의 말을 듣지 않고 저 사악한 인간들의 거짓말을 믿으실 셈입니까? 설마 선왕 카타리나 님 때부터 지금껏 인어국을 위해 평생을 바쳐 온 저의 말을 의심하지는 않겠지요."

"그럴 리가 있겠나."

칼리스는 침울해하는 표정으로 고개를 끄덕였다. 그리고는 아이리스를 쳐다봤다.

"그대들이 무슨 목적으로 날 잡았는지 모르겠지만 어찌 날 속여 신하를 의심하게 하려는 건가?"

아이리스는 어이가 없었다. 칼리스는 하데프라는 자가 얼마나 음흉스러운 마음을 가지고 있는지 조금도 알지 못하는 듯했다.

'말로 해 봤자 믿지도 않겠군. 이렇게 된 이상 차라리 그냥 끌고 나가는 게 낫겠어.'

솔직히 여러모로 실망스러운 구석이 많은 터라 그냥 내버려 두고 이곳을 떠나고 싶은 마음도 있었지만, 용자의 운명을 타고난 자를 이렇게 포기할 수는 없었다.

"그만 떠나야겠군요, 루니우스."

"소형 마전함이 있는 곳까지 모시겠습니다."

"머맨 왕도 데려와요, 스텔라."

"네, 마마."

아이리스와 루니우스가 마전함이 있는 곳으로 이동하자 스텔라는 칼리스를 붙잡은 채로 따라왔다.

그러자 하데프가 크게 외쳤다.

"어리석은 것들! 그렇게 쉽게 이곳을 빠져나갈 수 있으리라 생각하느냐? 모두 저들을 죽여라."

"예, 하데프 님."

국왕이 인질로 잡혀 있는데도 하데프는 그런 걸 전혀 고려하지 않았다. 국왕이 죽건 말건 상관없다는 식이었다.

촤악! 촥! 슈우욱! 슉슉!

머맨들과 머메이드들이 던진 창들이 무수히 날아들었다.

그러나 그것들은 루니우스의 검에 의해 모두 박살이 났다.

또한 하데프 역시 루니우스에 의해 목이 날아가 버렸다.

"크아아악!"

"아아악!"

루니우스는 검을 뽑지 않았다면 모를까, 일단 검을 뽑으면 인정사정 봐주는 성격이 아니었다. 앞을 가로막거나 근처로 접근하는 이들은 단 하나도 예외 없이 두 쪽이 났다.

"계속 죽고 싶으면 따라와 봐라."

일순 루니우스가 뒤를 돌아보며 외치자 머맨들이 움찔하며 뒤로 물러났다.

그사이 소형 마전함이 스스로 움직여 아이리스 등이 있는 쪽으로 이동해 왔다. 다른 머맨들이 소형 마전함을 포위하고 있었지만, 가볍게 그 포위를 돌파해 버린 것이다.

크기만 작을 뿐 대형 마전함의 웬만한 기능이 다 갖춰져 있는 터라 스스로 전투를 수행하며 선체를 복구하는 것도 가능했다.

"모두 타요. 최대한 신속히 이곳을 빠져나가야 해요."

"네, 마마."

아이리스가 가장 먼저 탔고 곧이어 칼리스와 스텔라가, 마지막으로 루니우스가 소형 마전함에 올랐다.

그러자 그사이 궁전에서 나온 인어족 대신들을 비롯해 수천이 넘는 머맨들과 머메이드들이 소형 마전함을 가로막았다.

나이가 지긋해 보이는 원로대신 중 하나가 크게 외쳤다.

"이 패역한 인간들이여! 그대들이 떠나는 것은 막지 않겠다. 하지만 칼리스 님은 두고 가라."

아이리스가 코웃음 쳤다.

"국왕의 눈과 귀를 막아 소경과 귀머거리가 되게 만든 그대들이 무슨 대신의 자격이 있는 것인가? 머맨 왕은 인어국에 있어서는 안 될 자다. 나는 머맨 왕을 샤론 대륙으로 데려갈 것이다."

그러자 대신들은 물론 모든 인어들이 경악하는 표정을 지었다.

턱에 긴 수염이 난 대신이 다급히 외쳤다.

"그건 아니 된다. 칼리스 님은 인어국을 떠나는 즉시 저주를 받아 죽게 된단 말이다. 특히 샤론 대륙으로 가는 것은 가장 끔찍한 일이다. 무서운 재앙이 인어국을 덮쳐 칼리스 님뿐 아니라 우리 모두가 죽게 될 것이다."

아이리스가 인상을 찌푸렸다.

"그게 무슨 말도 안 되는 소리지?"

"이는 고대부터 내려오는 우리 인어국의 예언이다. 선왕 카타리나 님도 칼리스 님을 샤론 대륙으로 보내려다 징벌을 받아 죽으셨다. 그대들 또한 그 같은 일을 시도한다면 필시 큰 저주를 받게 되리라."

그러자 스텔라가 뭔가 찜찜한 표정으로 아이리스를 쳐다봤다.

"굳이 머맨 왕을 데려갈 필요가 있을까요? 그냥 놔주고 우리끼리 돌아가는 게 좋겠어요."

"아니, 반드시 데려가야 해요. 저따위 소리는 신경 쓸 것 없어요."

용자가 샤론 대륙으로 가면 저주를 받아 죽는다? 그야말로 말도 안 되는 거짓말이었다.

용자의 운명을 타고난 자는 반드시 샤론 대륙으로 가야지만 용자로서의 자신을 각성하고 성장해 나갈 수 있었다.

'역시 뭔가 이상하다 생각했어. 저들이 머맨 왕을 속여 용자가 되지 못하게 막았던 거야.'

그런데 그때 스텔라에게 붙잡혀 있는 칼리스가 힘없이 물었다.

"정말로 그대들은 나를 샤론 대륙으로 데려가려 하는가?"

"물론이에요. 당신은 반드시 샤론 대륙으로 가야 해요."

아이리스가 그렇게 말하자 칼리스는 놀랍다는 듯 눈을 크게 떴다.

"선왕께서 내게 하시던 말씀이었다. 나는 반드시 샤론 대륙으로 가야 한다고! 이미 오래전부터 이곳 인어국은 식량이 부족해져 많은 머맨들과 머메이드들이 샤론 대륙까지 가서 식량을 구해 오는 실정이었다. 선왕께서는 내가 인어국을 벗어나 샤론 대륙에 새로운 터전을 세우기를 원하셨지."

"그런데 왜 가지 않았죠?"

순간 칼리스의 눈빛이 어둡게 변했다. 그는 절망이 가득한 표정으로 대답했다.

"갈 수가 없었다. 모두가 반대하기 때문이지. 또한 나는 절대 인어국을 벗어날 수 없다. 그것은 그대들도 보면 알게 될 것이다."

"보면 알게 된다고요? 그게 무슨 뜻인가요?"

그러나 칼리스는 두 눈을 감고 더 이상 아무런 대답도 하지 않았다.

아이리스는 어깨를 으쓱했다.

"뭐 가 보면 알게 되겠죠."

그사이 소형 마전함은 인어국 전사들의 포위망을 어렵지 않게 돌파해 샤론 대륙이 있는 쪽으로 이동 중이었다.

이는 루니우스의 가공스러운 검술을 목격한 인어국 전사들이 필사적으로 막지 않았기 때문이었다. 또한 그다지 적극적으로 쫓아오지도 않았다. 멀리서 대신들과 백여 명의 머맨 전사들만 따라올 뿐이었다.

그들의 표정에는 알 수 없는 묘한 미소가 맺혀 있었다.

마치 소형 마전함이 절대 인어국을 떠날 수 없다는 듯 말이다.

그런데 그때였다.

전방 멀리 샤론 대륙의 경계를 뜻하는 보랏빛 물결이 보이는 순간 갑자기 땅속에서 거대한 뭔가가 솟아올라 왔다.

"쿠우우우우우우!"

그것은 머리에 붉은 뿔이 일곱 개나 달린 거대한 도마뱀 형상의 괴수였다.

그 크기가 얼마나 큰지 소형 마전함은 괴수의 한쪽 눈알 크기에 불과할 정도였다.

꿈에서도 본 적이 없을 만한 거대한 괴수!

전설의 드래곤이 있다 해도 저보다는 작을 것이다.

"저게 대체 뭐야?"

아이리스는 깜짝 놀랐다. 루니우스도 놀랐는지 안색이 굳어져 있었고 스텔라는 기가 막힌 나머지 멍한 표정을 지었다.

〈다음 권에 계속〉